右遠俊郎

青春のハイマートロス

Hallo-Markt Roth der Jugend

本の泉社

目次

青春のハイマートロス

トワイライト

一

六月の初旬、やがて梅雨に入ろうかという曇り日に、宇高元郎と川口耕作は東京のT大学を受験するために、急行〈瀬戸〉に乗った。午後五時すぎに岡山駅を出れば、東京には朝の八時前に着くはずだった。汽車に揺られての十四時間近い旅だから、立ちっ放しでは体が持たず、しかも着いた翌日から二日間の試験が待っていて、何としても座席を確保しなければならなかった。

戦後五年目の汽車は、闇屋の乗り込みが影をひそめ、混雑もいくらか軽減されていたが、まだ特急がなく、むろん新幹線もなかった。急ぎの長距離では、岡山から東京へ行くのには急行〈瀬戸〉が一番早いのだ。が、座席指定というものはなかったから、坐るためには早目に来て、プラットホームに並ばなければならなかった。元郎と川口は駅で落ち合い、ホームで一時間余を辛抱して待ち、ようやく向い合わせの席に着くことができた。

車内のざわめきが落ち着いたのを見届けてから、元郎と川口はめいめいのボストンバッグを網棚に上げ、膝回りが空になったのを見て、改めて顔を見合せ、軽く頭を下げて小さな声で「よろしく」と挨拶を交した。元郎と川口はともに二十二歳、岡山県立の定時制烏城高校の四年同級だった。

だから、互いに顔も名前も見知ってはいたが、一年経ってもあまり親しくはならず、その経歴、現況もほとんど知らなかった。が、今度元郎がT大学を受験するとどこかで聞いてきたらしく、川口は元郎をつかまえて、「ぼくもT大を受けるつもりだからよろしく」と誼《よしみ》を通じてきた。それ以来元郎は川口を、特別な関心を持って見るようになった。

烏城高校が定時制だけで開校したのは昨年の四月、かつてなく多くの入学希望者が集まった。それも新一年に入学しようというものより、四年編入希望者の方が多かった。というのは、旧制中学五年卒業ですでに勤めているものが、給与の昇給や職場の地位を有利にするために、一年の違いながら、新制高校卒の資格を得ようと集まってきたからであった。

だから四年の編入試験のときには、二十歳を過ぎたもの、なかには三十歳を越える受験生もいて、休憩の時間には、多くが廊下で巻煙草をくわえ、刻み煙草を煙管で吸っていた。むろん教師たちは煙草を禁止するわけにゆかず、「お手柔らかに頼むぜ」というだけだった。受験生の多くは軍隊経験や職場での蓄積を持っていて、社会に場を得て立っている人たちであったから。

彼らは目的がはっきりしているから、めったに欠席することはなく、授業を聞きによく出て来た。一クラスしかないけれど、絶えず三十人を越える出席者がいた。仕事のことや戦争のことになると、彼らは教師よりは知識と経験が豊富で、授業以外では教師と対等に物を言った。

そのなかに元郎も川口もいたはずだが、川口はおとなしいので目立たず、元郎は授業にあまり出なかったので、級友のことをあまり知らず、知られなかった。それに元郎は旧制の高校を中退していたから、新制高校といっても旧制中学と同じレベルだろうぐらいに考え、同じことを繰り返すのは嫌だと思っていた。それなら、なぜ定時制四年に編入したのかと言われれば、それは、新制大学が発足したときの受験資格を得ておくためだった。

そのほかの理由としては、元郎と同じ勤め先（旧制六高→岡山大学）に、庶務課で使い走りをしている少年がいて、定時制高校進学に希望を持ち、年齢も学年も違うが、元郎を連れに誘ったからである。もう一つは、クラスの中に女子生徒がいる、ということがあった。元郎は終戦まで大連で育ち、小学校、中学校、旧制高校まで行ったが、常に男女席を同じうせずで共学の経験がなかった。それで授業以外に興味を持ったのである。

女子生徒と同じ教室で机を並べて授業を聞くというのは、一人の女に興味は引かれなくても、何だか民主主義というのはこういう形をしているのだろうと思われ、勤めを終えてからの夜の時間が楽しかった。一度などは授業が終って、旭川の暗い川波を見ながらその女子生徒を送って行った。途中、一方的なおしゃべりではあったが、夜空の星を語り、詩を誦じてみせたのに、彼女は家に着くと、門扉越しに「来月結婚します。もう構わないで下さい」と言って玄関に入ってしまった。元郎は夜の街に放り出され、一人当てもなく歩きながら、「何だ、くだらない」と呟いた。

汽車が三石トンネルに近づくと、合図の警笛が鳴った。外は暗くなりかけていたから、窓ガラスはほとんど下りていたが、二、三の忘れられていた窓から轟音とともに煙が入ってきた。叱声と臭気に、不注意な窓ガラスも慌てて落とされたが、すでに煙は車内の中程に行き渡り、悪臭は瀰漫《びまん》し、多くの咳を誘発した。

川口はハンカチを口に当て静かにしていたが、そのハンカチも鼻梁も眉も煤で黒くなっていた。元郎も鼻と口を手拭いで被いながら、暗い窓ガラスに映る自分の顔を見ていた。緊張してはいたが、沈んでいる顔ではなかった。少し怒っているように見えるのは、ただ咳をこらえているだけなのだろう。入試のことも合否のことも念頭にはなかった。

汽車の轟音が消えると、窓ガラスは薄明りの風景に戻った。座席ごとに窓は上げられ、新鮮な空気が入れ換えられた。車内燈が風景と同じ照度に戻った。また警笛が鳴ったので川口が窓を下ろした。元郎の方を振り向いて川口が言った。

「トワイライトって単語、知ってる？」

「知らない」

「さっき覚えたばかりなんだが、薄明りとか微光とかいう意味」

「今頃の空の光のことか」

「そう」

「おれたちの希望のような色合だな」

「日の出前または日没後の薄明り、黄昏とか黎明とか」

「昼と夜の端境期、というより明と暗の移行時の照度のことなのか。古語でいう『誰そ彼』、『彼は誰』どき、人の顔や形が薄ぼんやり見える頃。明と暗を兼ね備えた二つの光、twi は two、それが twilight なんだなあ」

川口はバッグから食べ物の包みを出して、湯茶なしに握り飯を頬張りはじめた。元郎も三食分用意してきたうちの一食分を取り出した。三角の握り飯を頂角の海苔の張り付いた部分からかぶりつき、ろくに噛みもしないで呑み込み、一息吐いてから言った。

「きみはちゃんと受験勉強をしているんだ。偉いなあ」

「ちゃんとといっても、定時制に行きだしてからその気になって、まだ一年、勤めながらだからいくらもやれてないし、やれたとしても大学に入れる自信はない。生涯に一度だけ、親に頭を下げてチャンスをもらった。受かればよし、受からなければ、兄も復員してきたことだから、小糠三合でどこかへ消えようと思う。おれの心境はトワイライト。きみの方はどうなんだ」

元郎は二つ目の握り飯を平げ、残り一つは包み直して網棚のバッグに収めた。座席に腰を落としながら川口の顔を指差し、煤の汚れを注意した。川口は洗面所のありかに目をやったが、通路を塞ぐ乗客の姿に諦めたのか、ハンカチをポケットから取り出し、窓ガラスを鏡に顔の汚点を拭き取りはじめた。元郎も川口の仕種を真似て、手拭で自分の顔をこすりながら言った。

「おれは大連から引揚げて二年。岡山はおやじの郷里、その縁でここに居つき、勤め先を得た。旧制六高、この四月から岡山大学法文学部の図書課、書物を部門別に記してラベルを貼り、図書館で貸し出しの任に当る。暇だから本ばかり読んでいる。おれにとって恵まれた仕事だが、その先の目標がない。旧制旅順高校の中退だが、その学歴では半端で、進むも退くもままにならず、穏やかな自暴自棄、仮寝の故郷に沈淪しているとき、新制大学の発足を知った。それでさっそく受験ということになったが……」

「それでT大を受けるのか、何だか自信ありげだな」

「いや、そうじゃない。そうじゃなくて……ま、いろいろあってね……おいおい話すよ」

元郎はポケットからしわくちゃになったゴールデン・バットの袋を取り出し、一本くわえてから川口にすすめた。川口は手先だけで会釈して一本抜き取り、マッチの箱に煙草の下端を軽く打ちつけ、緩んだ葉を詰め直してから火をつけ、一息深く吸い込んだ。マッチの火が誘われて、煙草の先が一センチほど、紙と葉が一緒に燃えた。煙草をくゆらせながら、川口は不安そうに問うた。

「ぼく心配なんだけど、きみは泊まるところあるのか」

「きみはないのか」

「ぼくは東京に知り合いがないから、二泊三日の宿を捜そうにも当てがない。今になって心配したってしょうがないが、きみ、何とかならないか」

「ぼくには東京じゃないけど横浜に大叔父がいて大学の教師をしているんだが、一度会っただけの人であまり当てにはならない。が、ほかに頼める人はいないから、一方的に荷物と手紙を送っておいたが、まだ返事が来てない。こうなったら押しかけて行って見るしかないが、きみもついてくるか」

「さあ、見ず知らずのものがあんまり厚かましいような気もするし、かといって野宿するわけにもゆかないし」

「じゃあ二人で、試験場で寝るか」

「試験場って？」

「試験が終ったら、受験生も係官も出てゆくだろう。おれたち出たふりをして試験場に残り、どこかに隠れていて、夜になったら椅子の並びに寝ればいい。おれは去年、五月の金沢駅の待合室で寝た経験があるから大丈夫だよ。そのときは駅舎の蔭に雪が残っていたが、今は六月だから寒いことはないさ」

「見つかったらどうする」

「もっけの幸い、警備員室でも用務員室でも連れてゆかれたところで泊めてくれと頼み込むのよ。学内がまずいとあればどこかの近くを捜してくれるさ。なければ試験場に戻るだけよ」

「きみは顔に似合わず大胆だなあ」

「おれは受験のことを親にも職場にも言ってない。お互い祝福された受験生じゃないんだから、殺しと盗み以外なら少々のことはやってもいいいんじゃないか。ま、任しときなよ。男一匹何とかなるものさ」

「大丈夫かなあ」と川口はどうしていいか決心がつきかね、おろおろしていた。

かなり離れた席のところに一人の男がいて、元郎たちに向ってさっきから、しきりにうなずいたり、手を肩まで上げたりして、こちらの注意を引こうとしていた。

「きみ、知ってる人じゃないのか」と元郎が川口に知らせた。

体の向きで川口からはその男が見えなかったのだ。川口は中腰になって振り向いた。声を出さずに表情を変え、元郎には何も言わず、いきなり通路へ踏み出した。川口はさっき握り飯を食べたあと、洗面所へ行こうという素振りを、通路の込み合いを見ただけで断念したのだが、今は強引に、坐り込んでいる人、寝ている人を跨いで、知人の許へ辿り着こうとしている。よく知っている人なんだなと思い、元郎は座席に腰を戻し、背板に上体を預けて頭を窓縁に寄せた。耳が車体の部分に近く位置したので、汽車が枕木を渡る音、ブレーキのきしみなどがそばだって聞え、目を閉じても眠れそうになかった。

元郎はこれまでに何度も自問自答してきたことを、もう一度繰り返さなければならないような気がした。なぜ大学受験か、なぜT大学か。そのことを両親や職場の上司に告げなかったが、受験料を払い、写真を送り、受験票を受け取っていた。手続きは正しくすませているのに、受験日は近づいてきても、受験の意志は依然として確かではなかった。その前に仮に大学へ入ったとして、そこで何を学ぶのか、学んでどうするのかが、一向にはっきりしないのだ。

気持が定まらない理由はいくつかあったが、はっきりしているのは二つだった。一つには、受験勉強をしていなかったから入試には受からないだろうし、二つには万が一受かっても学資が続かないことは目に見えていた。

川口が席に戻ってきたので、元郎は顔を上げ、だれと何の話をしてきたのかを探るように川口を見た。煤埃と車内の暗い光のなかで、川口の疲れた顔に希望が差していた。

「何だ、いい話になったのか」と元郎は背筋をまっすぐにして川口に問うた。

「あの男、定時制の同級生だぜ。きみだって知らない仲じゃない」

「そう言われれば見覚えがある」

「彼は県庁に勤めて十三年、東京に岡山県の寮があって、二、三日なら泊めてくれると言って名刺をくれた。彼は今度はそこへ寄らないが、電話を入れて二人分の宿泊を確保しておくと言ってくれた。きみもＯＫだ。助かったじゃないか」

元郎は正直ほっとした。が、川口を助けてやるつもりが川口に助けられて、気持は複雑だった。が、試験場に隠れて泊らないでもすむのはありがたかった。元郎は腰を上げて年配の同級生を捜し、その顔に向って手を上げ、口のなかで「ありがとう」と言って頭を下げた。その顔は元郎を待っていたように笑顔になって手を上げた。

思いがけないことに宿泊の問題が解決したとなると、差し当ってはは悩みがなくなった。川口は英語の参考書に戻り、元郎は眠りの姿勢になった。あとは汽車が運んでくれると思うと、元郎は何もしたくなかった。受験勉強を何もしてこなかった元郎に、残り十時間余りをラスト・ヘビーで追い込む気はなかった。ファーストからラストまでヘビーは一切なかったのだから。

定時制の級友は大阪で降りた。客の乗り降りは多かったが、差し引きでは乗り込む客の方が心持少なかったから、通路にもいくらかが出来て、便所や洗面所に苦労しながらではあるが通えるようになった。川口は顔の煤をすっかり落としてすっきりした表情になり、疲れてまどろむ以外はいっそう参考書に精を出していた。元郎は日頃から顔や髪、身形を整える習慣がなかったから、煤は付けたままで眠りの姿勢を取っていたが、眠る気にはなれなかった。

二

東京駅に着く一時間前に握り飯の朝食をすませた。駅に着くと、プラットホームで川口は歯ブラシを使って口をきれいに濯ぎ、髪に櫛を入れて身嗜みを整えた。元郎は珍しいものでも見るように感心してその仕種を眺めていた。広い意味では川口も元郎も〈アプレ・ゲール〉派に入る年頃だが、川口にはそんな気配はなく、旧制高校と軍隊の男だけの集団で暮してきた元郎の方が何かにつけてだらしがなかった。元郎は朝の洗面も、文字通りの洗面で一分で終った。煤の付いている手拭いを裏返しにして顔を拭い、それでさっぱりした。

「試験場を見ておこうや」と川口が言った。

「まだ八時前だろう。少し早すぎる。コーヒーでも飲んでから行こう」

「それはいいけれど……」と言いながら、川口はあまり気乗りしていない様子だった。

川口は昨夜も車中で、ときどきまどろむほかは参考書を読み耽っていて、疲れているようだった。生来が生真面目な質で、試験場のことも宿のことも気になっているのだ。行き当りばったりの元郎とは違って、筋道を追って行きたい気質なのだろう。元郎はコーヒーを飲みたかったけれども、川口を引き回すのを止めにした。

電車でお茶の水駅まで行き、本郷の大学までは歩いて行った。赤門を横目で見て過ぎ、正門から入った。まっすぐな銀杏並木の先に安田講堂が見えた。並木の蔭に受験生の姿が一人で、あるいは連れ立って静かに歩いていた。川口は黙って、辺りの風景を熱心に見ていた。これが見納めとでもいうように、川口は表情を凝らしながら記憶に留めようとしていた。

元郎は通り一遍の目を走らせただけで、銀杏の幹にもたれて煙草を吸った。化粧煉瓦の色の校舎と銀杏の若い緑が映えて、学び舎にふさわしい静謐な佇まいを見せていたが、元郎は二度と来るところではないと自分に言い聞かせて、兆してくる憬れの思いを断ち切るようにした。

試験場は普段使っている教室らしく、広くて天井が高く、六人掛けの机付き椅子が教卓に向かって緩いカーブで並び、その両端に受験票を置くのであろう、その位置に番号札が貼ってあった。それを確かめてから元郎は外に出た。なかなか出てこない川口を待ちながら、元郎はまた煙草に火を付け、おれは何をしにここへ来たのかと思った。

岡山の県人寮は車中で会った級友の地図の通りに行き、すぐに捜し当てた。二階建の大きなしもた屋という感じの家だった。話が通っていたらしく、管理人に案内されて二人は二階の一室に入った。挨拶かたがた二人はまず外食券を渡し、その上川口は二升ほどの米を付け加えた。管理人の応対が現金に愛想よくなった。

　昼食にはまだ早かったが、二人は茶をもらって残りの握り飯を平らげた。元郎が食後の一服をしているあいだに、川口は気軽に立って空茶碗を返しに行き、戻ってくるなり言った。

「コーヒーを飲みに行こう。近くにあるそうだ」

　元郎は煙草を消して中腰になりながら、川口が気を使っているのを知って、無理をしなくてもいいのにと思った。

「いいのか？」

「何が」

「勉強するとか、寝るとか」

「大丈夫。朝のコーヒー、流れたからな。ぼくも飲みたいし……」

　十分ぐらい歩いたところに小さな喫茶店があった。狭い部屋の小さなテーブルに向い合って二人は腰を下ろした。

　コーヒーを飲みながら元郎と川口のあいだには話がはずまなかった。川口がつと席を立ち、店を出て行った。ゴールデン・バットを二個持って帰ってくると、川口はその封を切りながら煙草を元郎にすすめ、自分も一本くわえて両方に火を点けた。煙を吹かしたので気が紛れたのか、川口はおもむろに言い出した。

「きみはどうしてＴ大を受けるの」

何だかそう訊かれるような予感があったので、元郎はまず煙をくゆらせ、自分の気持を確かめるようにコーヒーを啜った。

「そう言われると自分でもよく分らないが、直接のきっかけは岡山大学受験を拒否されたことだ」

「何でまた拒否を」

「ぼくが岡大に勤めているからだそうだ。受験したいのならまず退職せよという。言われてみるとそれも道理だという気がするが、ぼくにしてみれば、岡大を退職したはいいが受験にも失敗したでは、両方を一遍に失うことになる。そのあげく新しい就職口を捜すのは困難だ。かといって、せっかく新制大学が発足し、そのチャンスが来たのに、みすみす逃してしまうのは口惜しい。しばらく考えてから、ぼくは狭く構えることにした。岡山大学に職場を残したまま、よその大学を受験すればいいと気がついた。その旨を職場に報告する必要はない。一週間も欠勤届を出せばよそでの受験はできる。世の中のこと、固苦しく考えることはないだろう」

「それはそうだ」と川口はあまり気乗りしないふうで同意した。

「その上に別の方から」と元郎は川口の気分を無視して続けた。

「定時制四年が終り、卒業ということになったとき、主事の谷口先生から、ぼくの欠席が非常に多いので、このままでは卒業させるわけにはゆかない、と言われた。困ったな、と思ったが、そのときぼくはとっさに、T大を受けるつもりだから家で勉強している。普通に授業に出ていたのでは間に合わない、と言い返してしまった。本当はただ怠けていただけだったのに。すると谷口先生はしばらく考えてから、『よし、分った、T大に合格したら卒業させてやる』と、あまり怒ったふうでもなく答えた。ぼくもT大が受かるとは思っていないし、谷口先生も入るはずがないと思っている。が、言葉の行きがかりで一種の賭になってしまった、というわけ」

「なるほどなあ、賭か」と川口は今度は納得がいったようにうなずいた。

「それでも、とっさにそんなことが言えるのは、やっぱりどこかに自信があるからじゃないか」

「自信はないよ。旅順高校中退で軍隊だろう、終戦で捕虜、脱走して家族に合流。引揚げまで大連で二冬を過し、見知らぬ日本に帰って二年。故郷とはまだいえない岡山で気持は依然としてさすらい。幼少年期を養ってくれた大連はニセアカシアの異国の街、遠い海の彼方だ。そんなことにこだわって、何もせずにひねくれて無為に過しただけの五年、仮に進学の夢を描いてみたところで学資はない。自らを慰めるだけの詩を書き散らして、おれは孤独なハイマートロスとうそぶくしかなかった」

川口が伝票をつかんで立ち上っていた。その手から元郎が伝票を取ろうとすると、川口は「いい」と言い、「そんなら割勘で」と言うと「じゃ、三十円」と言った。喫茶店を出て県人寮に戻りながら、川口は元郎の話から受けた印象をまとめるように言った。

「きみは郷里を持たないことを嘆くように言ったが、その反面故郷から縛られることがなく、自由に感じ行動しているように見える。やはり中国育ち、ニセの故郷は植民地だったかも知れないが、自分が傍からどう見られているかという意識から自由で、気ままに好きなようにやっているように見える。ぼくは農村、農家の育ち、周囲の思惑に合わせて生きてきた。生涯一度の大学受験も、故郷から容認される形での離脱の試みだったかも知れない。農村共同体というのかな、淳風美俗の壁からの脱出は普通ではできないからな」


県人寮に戻ってからも、川口は翌日の試験を気にするふうもなく、肘枕で畳の上に転がり、話の続きを待つ雰囲気だった。

「きみ、恋人はいないの?」と川口は言った。

「去年の秋に別れの手紙をもらって終りになった。以後、こちらから手紙を出しても返事は来ない。大連で知り合ったのだが、そのときは小柄で可憐な感じがしていたのに、彼女の意志が強いのを改めて知った。引揚げてきて苦労しているのだろうと思う。女は環境で変る。これと決めたら、いつまでも恋々としていないからなあ。それを見返してやるという気はないが、女の気持をこちらに向き直させてみせるためにも、ぼくも何かをせずにおれない気持になった。とりあえずは学校へでも行き直して、自分の人生を築き直さねばならぬと思いはじめた。ぼくもハイマートロスの寂しさで、彼女に縋るような手紙ばかり書いたからなあ。言ってみれば失恋が、大学受験の最初のきっかけだったかも知れない」

「いいなあ」と溜息を吐きながら川口は言った。

「だって失恋だよ」

「得恋と失恋は大きな違いにしろ、とにかく恋はあったんだからな」

「きみには恋人いないの」

「恋人はいないけれど、やがて妻になりそうな女がいる」

「婚約者か」

「そうともいえる」

「何だい」

「小糠三合の話したろ? あれだよ。養家の跡取娘。器量も気立ても十人並み。県北の寒村の、そこでは大きな農家。ぼくの場合も賭なんだ。受験に合格すれば四年間は大学へ行ける。学資は農家で持ってくれる。落ちれば、年内に結婚。ぼくの人生はそれで終る。農業は好きじゃないから、村役場にでも勤めてそこを第二の故郷にし、種馬の生涯を終える。T大受験というのは仲人口が作り上げた話。そこにぼくが一生一度の夢を見たというだけ。もっとも中学五年のとき、一度六高を受けたことがある。仲人口はそこから始まっているのだが、その頃ぼくは田舎の中学にいたけど、成績のいいときもあったんだよ。だが、野心も度胸もなかったから、素直に落ちた。T大ともなれば万に一つも受かる気づかいはない。やくざじゃないが、落ちて箔がつくぐらいのことだ。養家の金で受験旅行、未来の妻に東京土産を買って帰る、ぼくは優しい男だよ。徒手空拳で自由にさ迷う、何と言ったっけ、ハイマートロス、自らの追放者、きみが羨ましい」

寮の管理人が風呂が沸いたと知らせに来たので、二人は話を止めて浴室に行った。家庭用の小さな風呂だった。浴槽の傍に小さな窓が開いていて、薄明りのなかに庭木の葉が揺れているのが分った。元郎は湯船の縁に腰掛けて、背中越しに、窓の外を見ている川口に問いかけた。

「妻になるべき人のこと、きみは憎からず思っているのか」

川口は黙って答えなかった。しばらくしてひっそりと湯船に沈み、普通の声で言った。

「何も思っていない。あるのは打算、または成り行き」

「それではちょっと寂しすぎる」

「では、優しい打算と言おう」

元郎は無言で自分の体を洗いはじめた。日頃は面倒臭がって、風呂に入らなかったり、湯に浸るだけですませていたりしたが、旅寝になると、それまでの無精を取り返すように、念入りに石鹸を使って体を洗い、髪を洗う。その日もそうした。

川口は当り前のことだが毎日体を洗っているらしく、自分流の順序で手を抜かず、しかも手際よく垢を落としていた。やがて「お先に」と言って川口は浴室を出た。元郎は一人になっても急がずに、丁寧に石鹸を使った。それが終ると、湯船に身を沈めて気持の汚れを流しやった。

部屋に戻ると、すでに夕食の膳は運ばれており、川口は所在なく煙草を吹かして待っていた。

「待たせたな」

「いや」

膳の上には時節柄貧しいながらも焼魚が乗っていた。

「この魚の切身、何」

元郎は食べ物には無関心で、魚も野菜も何を並べられても知らなかった。

「鰆の粕漬」と川口が言った。「瀬戸内のものだが、名前の通り春が旬で、脂が乗った白身は刺身がいいのだが、六月になるとかすかに臭みが出てくるので粕に漬けたりするんだよ」

「やっぱり故郷の味には詳しいな」

あとは千切り大根を煮て短冊型の油揚を見え隠れするほどに挾んだもの、豆腐の味噌汁にたくあん、真白い飯は大盛だった。川口が提供した米二升の成果であろう。それに、冷い三度の握り飯のあとに、暖かい湯気が立っているのが嬉しかった。その上に管理人がサービスとして、銚子二本を持ってきてくれた。

受験生とはいいながら、二人ともに二十歳を過ぎ、仕事を持っていたから、普段に酒も煙草もたしなんでいた。だから、受験前夜の酒も快く受けた。元郎は同僚との付き合い以外には酒を飲まなかったが、川口の方はいける口のようだった。が、二人ともに控え目で、ほぼ等量に注ぎ合って、少ない酒を大事に乾した。

そのあとの食事にも、少なめの量に慣れていた元郎は、品数の不足も気にならず、白飯だけで充分堪能した。熱い茶を飲みながら、元郎は川口に話しかけた。

「今夜も少しは勉強するのか」

「いや、早目に寝るよ。人事を尽さずして、天命はすでに明らか。だれを恨むこともない。何を嘆くこともない。自らの器量に安んずるのみ。が、それよりきみの方が大変だ。卒業の賭がかかっている」

「いや、考えてみれば、あれは賭にはならない。欠席日数と入試合格が差し引きできるものかどうか。それに、卒業証書なんてどうでもいいことだ。今の仕事を続けるかどうかも分らないし……ま、帰ってから考えるよ」

その夜は二人とも早目に寝に就き、朝までぐっすり眠った。

三

元郎が目を覚ましたとき、川口は洗面をすませて新聞を読んでいた。腕時計を見ると六時過ぎだった。蒲団を折り返しただけで元郎は洗面に走り、一分で部屋に帰ってきた。朝食はまだのようだったから、まず朝の一服を吸った。川口は新聞の社説の欄を読みながら、元郎に話しかけた。

「国語の受験勉強ってどういうふうにするのかな」

元郎は川口が落ち着いているのに安心した。平常心さえあれば、普通の受験生より五年多く生きてきたのだから、二人とも何とかやれるだろう。

「国語の勉強なんてどうやったらいいのか知らない。要するに文章をたくさん読んで慣れること。できれば正確に読むこと。語や文節の意味は分らなくても、文脈の流れで理解すること。その上に考えること、など。一つだけぼく流の国語問題対策を言っておけば、まず問題文を読み、すぐ問一にかかるのでなく、問五まであれば問五まで、一通り目を通す。問の出し方を並べて睨んでいると、問題作成者の意図と癖が分る。その意図を踏まえ、正解はないから妥当な解答を提供する。問題作成者と対等な位置に自分を置くことが大事だと思う」

「なるほど、すごいや」と川口は感心したように言った。「ぼくは問題を作る人を偉い人と考え、その求めることにどう合わせるかしか考えて来なかった。が、問を受ける側から逆に問う人を試すこともできるわけだ。そう考えれば対等、気が楽になった」

朝食をすませて二人は出かけた。電車のなかでは吊り皮にぶら下がって、二人ともに黙っていた。さすがに川口もいよいよ試験に臨むに当っては、いくらか緊張を取り戻しているのかも知れない。元郎も肩を並べながら黙って考えていた。準備のないものの覚悟を、心中に無言で確かめていた。

国語と限ったことでなくて、かつて教師や先輩から言われたことの一つ、「試験始め」の声がかかったとき、すぐには問題に取りかからないで、二、三分瞑目して雑念を払っておくこと。それから自分だけのことでは、別れた女（元郎の方は別れたつもりはない）の写真を内ポケットに忍ばせておくこと。もう一つは、問題文のなかのもともと知らないことでも、駄目だと諦めずに、無理にでも乏しい頭脳から引き出すこと、そんなことを自分に言いきかせていた。

受験の準備が皆無だから、問題に立ち向うのに焦りも迷いもない代り、試験の現場では、知っていることの再現ではなく、忘れていたことの復元でもなく、知らないことの捻出をこそ意図しなければならない。無い知恵を無理にでも絞り出せ、ということだ。それが勉強をしなかったものの、受験の争いに参加するときの節度でなければならぬ。

試験場には早目に着き、二人は多くの受験生の賢そうな顔を見た。二人は圧倒されそうになるのを気持で押し返し、銀杏の樹の根方で、しばし別れの盃のように煙草を吸い合った。試験場に入ると同じ教室の前後に離れて席に着いた。元郎は川口の背後からの視線を意識しながら、「試験始め」の声を聞いた。予定どおり二分間を瞑想に費やし、次の二分を内ポケットの彼女の写真に指先で触れて、「宇高元郎、無茶勝流の孤軍奮闘を念ぜよ」と内心で呟いた。

静かに目を開け、問題用紙を表返して、元郎は「設問一、次の文を読んで問に答えよ」を読んだ。その冒頭の一行は思いがけないことに、「遂に、新しき詩歌の時は来りぬ」であった。元郎が折に触れて読み返してきた「藤村詩抄」(岩波文庫で読んだ)の「自序」の書き出しだ。元郎はその「自序」(岩波文庫で二ページ)の全文を覚えていた。

気持が一遍に楽になった。そのせいか、前に読んだときには分らないところもあったのに、急に何もかも胸に染み込むように理解できた。それで喜び過ぎないように気持を落ち着け、深呼吸を一つして平常心を保ち、問題を解きにかかった。問題作成者の意図もほぼ察しられたから、得意気な様子を見せないように答案を作った。

一つ答を出せば、元郎の言葉が内にリズムを作って動き出すから、次の問に真向きさえすれば、自分の思考が自ずと生動するのを感じた。問題を気持よく解き明してゆきながら、元郎は流れに乗って容易に終りまで来た。自分ではそれで充分と思ったが、まだ時間があったので逸る心を抑え、内ポケットの彼女の写真に手をやり、「頼むよ」と言いながら、初めから検討し直した。受験の準備のないものは、最後の一分に燃え尽きろ。泥縄式にも誠意を尽せ、と試験の終りの合図まで、元郎は疲労した情熱を「湿れる松明のように」燃やしつづけた。

二限目の英語の試験にも小さな僥倖があった。急行〈瀬戸〉のなかで川口が教えてくれたtwilightという単語が、英文和訳の問題のなかに挾まれていたのだ。それを見つけたとき、元郎は得をしたというのではなく、「薄明り」がこんなところにいたのかと、仄かな懐しさを覚え、気持が安らいだ。

英文和訳が三問ほどあったが、難しくはなかった。元郎の英語力で何とかこなせそうだった。むろん、知らない単語がいくつかあったが、元郎はそれを問題にしなかった。一行に一語の割で難解な語や表現があっても、それは普通のことで、日本語の文章ではそれで通しているはずだからだ。

問題は元郎にも分るほどに易しい英文だったことにある。元郎が理解できるほどのことなら、受験生の大半が理解するだろう。それでは答案に差がつかず、わずかの差に日頃の不勉強は現れるだろう。では、どうするか、と考えて、元郎は五歳年長の利点を生かそうと思った。つまり、英語の理解力で差がつかなければ、日本語の表現力、和訳の文章で特長を出そうと思った。それなら、小さなところに気をつけて、元郎の普通でやればいいのだ。

元郎は中学一年生になったとき、新しい科目として英語と数学に興味を持った。英語の教師に教えられるままに、リーダーの予習をし、英文を読みながら、知らない単語は英和辞典を引き、単語の綴りを写し、発音記号を付し、日本語の意味を加えてノートを作った。そのやり方の善し悪しは考えず、言われるままに続けているうちに、自然に英語の読み、理解力も増した。英語の成績も悪くはなかった。

クラスのなかに一人だけ、図抜けて英語のできる生徒がいた。あるときその級友に元郎は尋ねた。

「きみは単語なんか一度で覚えるんだろうな」

元郎はその級友を尊敬し、語学の天才だと思っていたから、その勉強の仕方も持って生れた特別なもので、大した苦労もせずに自然に身につけるのだろうと思っていた。が、意外な答えが返ってきた。

「ぼくは頭が悪いから、一つの単語を覚えるのに五十回も六十回も字引を引かなくちゃならない。嫌になっちゃうよ」

元郎はびっくりして、次に問おうと思っていたことを止めた。級友の努力が並外れていたのと、勉強の仕方が違うことに気づいたからだ。彼が字引を引くというのは、その回数の多さよりも、単語帳やカードを作らないということに特長があった。単語を暗記するのでなく、英文の文脈のなかで単語を理解するというやり方だった。

その日から元郎は級友のやり方を真似たわけではないが、単語帳を作らず、リーダーの余白に書き込むこともやめて、もっぱら文意を理解する手段として、単語を字引に当ることにした。それは楽ではなかったが、字引を何度も無益に繰り返すことに歯痒さと苦痛と、そして快感があった。ときには意地になって、同じ単語を次のページで五分後に字引を引くことがあった。何をやっているんだろうと自己嫌悪に塗まみれながら、それでも続けた。

そんなことで元郎の英語の力が上ったとも思えないが、一つの単語にはいくつかの意味があり、前後の文章によって語の意味も使い方もニュアンスまで変ることを知って、元郎は英語の言葉の性質に興味を持った。日本語でもそうだが、言葉は語る人、読む人の気持によって、小鳥のように枝移りし、囀るのであった。言葉は意味の伝達だけでなく、思想、感情の表現であった。

その後、終戦の前後から生活が一変して学習の習慣を失ったが、二年前六高の図書館に勤め出してから、心の憂さを慰めるために詩に近づき、焼け残った書庫の三階に入り浸って英詩を読みはじめた。初めは日本の詩人、明治新体詩の島崎藤村や薄田泣菫のものを読んでいたが物足りず、イギリス浪漫派の詩人ジョン・キーツやP・B・シェリーのものを拾い読みするようになった。

が、それも気持が荒んでいたときなので、英詩の言葉を丹念に字引を引く習慣がなくなり、読み流して雰囲気を味うに留めた。そのために英詩から感情を引き出すのでなく、自分の身勝手な嘆きや憬れを詩に重ねて満足するようになり、英語の力も詩への真摯なアプローチもいいかげんなものになった。ただ、原詩を利用して日本語を飾るのに長けただけだった。

だから元郎は試験の場でも、英文のなかの知らない単語に苦慮せず、知っている単語を基に組み合わせて、大意の通る日本語の文章を作った。その範囲では大いに努力して、簡潔に文意と雰囲気を乗せた滑らかな文章に作り上げた。たとえば、文中の運転手が客に答えるYes.Sir を「へい、旦那」と訳す具合にである。

国語の場合と違って、英語の試験で時間が余るということはなかった。鉛筆を置いて答案を裏返しにし、席を立ったとき、元郎は少しばかりよろめいた。疲れ果てたというより、脱力感に包まれていた。試験場を出ると、銀杏並木に受験生がたむろし、低声で語り、あるいは無言で歩いていた。その群に交って川口が待っていた。彼の顔も疲労をたたんで蒼白く沈んでいた。

三時限目の数学には、元郎はまったくの素手で臨んだ。国語や英語なら、受験勉強はしていなくても、自分の好みで普段に触れる機会があったが、数学には授業で問題を解く習練以外に出合うことがなかった。だから、学校を離れた生活では数学とまったくの無縁になる。数学との関係で残っているのは、学舎での知的訓練の思い出だけだ。

けれども、一つだけ幸いなことは、元郎は数学が得手ではなかったが、数字や図形を抽象の世界に遊ばせることが好きだったことである。小学生のとき元郎は、いくら教えられても鶴亀算が理解できなかった。鶴や亀のイメージが気になって数に向い合えないのだ。それが中学一年になって、連立方程式を教えられると、XとYで鮮やかに答が出るのに感動した。元郎には鶴や亀は邪魔になるだけで、自由に数を代入することのできるXとYの魔法で充分だったのだ。

元郎は中学生のときの抽象癖を呼び戻し、それを頼りに数学の問題に当った。正解を求めて数理的に導き出そうとするよりは、数式のアクロバットの組み合せで楽しむことを心がけた。理が順序を追って辿ろうとするものを、元郎には知識の備えがないから、ひたすら有理と無理、正と負を空間に放って、閃くものを捜した。まるで詩を求めるように数を求めた。

むろん、それでうまくいったとは思えない。が、一問、二問と数の感覚に慣れるに従って、よみがえってくる定理と公理の交差、宇宙に閃く根と係数の火花、図形と投射の密約などが、剣玉遊びのように楽しいものになってきた。そして、具体的に「問一、円周角は中心角の二分の一であることを証明せよ」に立ち戻ったとき、元郎はこの際、手品のような操作は必要でないと知り、三つの場合の実例を挙げ、その図形を示し、それぞれに補助線を引いて証明した。

証明自体は易しいことだが、中心角が円周角に含まれる一般的な形の証明だけで終ったとすれば、みごとに落し穴にはまったことになる。そのほかに、中心角が円周角の外にある場合、および、中心角を成す一方の線が円周角をなす同側の線と重なる場合とがあった。

その問題は、単に証明の能力を問うだけでなく、多面的な配慮を試しているのであった。元郎がこの問題について三つの場合を見逃さなかったのは、やはり中学の同級生に数学のよくできる男がいて、彼の勉強の仕方を何気なく眺めていた、その記憶によるのである。彼はいつも「三角形ＡＢＣ」というとき、普通の三角形でなく、ことさら歪な形の三角形を描いて、そこから問題の通路に入って行くのである。つまり彼は、特殊な形から始めて一般的な形に戻ってくる、というやり方をするのだ。そのときは変な奴だと思いながら黙って見ていただけだが、元郎自身はそんな形で問題を多面的に見る習性を自然に身につけていた。

それでその一問は助かったのだが、ほかの代数の問題は生易しくはなかった。日頃の性癖に戻って、多種多様の数や数式を脳裏に、ときには答案用紙の裏に書いて、それら抽象空間での飛躍と結合を夢見た。そこでは虚数が実数と同じ実在感を持っていた。数式は切断されたままで、その距離に火花は散らず、流星は流れなかった。

それでも元郎は各問ともに数式を繋ぎ、数値を捻り出した。ともかくも問と答のはざまを埋め、空白のままに放置することはしなかった。期待した天啓はあまりなかったけれど、アクロバットふうな計算は多用した。その結果辿り着いた答が偶然にしろ、正解と一致するとは思えなかった。が、過程だけが合っていたり、答だけが正しいということもあり得た。

元郎の脳は無理な燃焼で発火点に近づいていた。能力を超えて酷使された脳力は、疲労の際限を突き破って燃えていた。空腹に思わずコーヒーが飲みたいと思った。まだ十分ほどの余裕があったけれど、元郎は答案を提出して外へ出た。初日の試験三科目はともかくも終ったのだ。

元郎は川口と連れ立ち、込み合う銀杏並木を避けて、アーケイドを反対に抜け、図書館の方へ向った。が、そこにも受験生がたむろしていて、その前を通り過ぎようとしたとき、元郎は呼び止められた。声と一緒に寄ってきたのは、旅順高校理科乙類で同級だった平畑だった。

「宇高、おまえやっぱり来てたのか」と平畑は細い目になって懐しそうに言った。「四年ぶりだな。元気そうじゃないか」

平畑の背後には静かに笑む同級生たちがいた。彼らは引揚げ後、幸運にも内地の旧制高校に転入学したものもいたが、元郎と同じように、生活に追われて勉学に戻れず、満たされぬ思いで働いていたものもいた。そのいずれもが、新制大学の一期の受験を思い立って、T大に入るためにやってきたのだ。彼らは満洲の各地で育ち、旅順高校に集い、終戦で再び散りぢりになり、見知らぬ祖国に帰って来た若者たち、郷里も明日の当てもないけれど、ともかくも「第二の青春」を始めようとしているのだ。

元郎は五、六分立ち話をしてから平畑らと別れ、川口のところに戻った。気を兼ねたように川口は言った。

「あの連中、いいのか。四年ぶりなら積る話もあるだろう。話してゆけよ。ぼくは宿に帰っているから」

「いいんだ。きみは明日の試験が終ったら、そのまま岡山へ帰るのだろう？　ま、そばでも食おうよ。腹が減った」

大学の試験場から少し離れて、二人は行き当りばったりにそば屋に入り、麺類外食券を渡して十五円のもりそばを一枚ずつ食べた。客が少なかったので腰を落ち着け、そば湯を飲んで腹の足しにした。

「きみの同級生たち、みな賢そうな顔をしていたな」と川口は気弱く言った。「何だか自信まんまんで、あの連中が相手じゃ、ぼくなんか問題にならないよ」

元郎は川口が今日の試験の出来を気にしていると感じていたが、その話には乗りたくなかった。投げられた賽の目を数えて何になる。自分の出来を納得して諦めるというのか。

「そんなことはないさ」と元郎は少しばかり声を励まして言った。「きみだってトワイライトの意味、教えてくれたじゃないか」

「ああ、あの単語、出てたね。よかったじゃないか」

「うん、儲けたよ」

川口の言葉に口裏を合わせながら、元郎は気持が沈んでゆくのを感じた。一点、二点上積みしたからといってどうなるものではないだろう。計算を無視して、条件のないところで始めた受験だったはずなのに……自己満足で充分だった。生じっか計算をして、割算の端数に希望らしきものの幻影が見えて来れば、最後の転落を見て、もっとみじめな思いをするだろうに……

「さっきの同級生たちのなかに」と元郎は話を変えながら言った。「内地の旧制高校に転入学したのがいたけれど、あいつらだって二年生の夏に終戦を迎えたのだから、一年修了だけなんだ。ぼくは十ヶ月で中退、中学五年卒業の資格だから、二ヶ月の差で転入できない。ぼくはよっぽど旅順高校のときの指導教官、担任みたいなものだが、頼みに行こうかと思った。内地の高校に転入したいから、一年修了にしてくれ、と。外地にできた学校だから、終戦後は廃校になっているのだし、少々のことは大目に見てくれるかも知れない。けれども、ぼくの中退は白線帽の禁止を犯したという理由、校則違反にすぎないのだが、その前に喫煙の前科があった。さらには、日頃の言動や服装に反時代的態度が見られたとして、合せて一本の退学処分。その一方で、ぼくを追放同然にして軍国主義教育の先頭に踊った教授が、日本内地に戻ると猫をかぶって民主主義者をよそおい、どこかの高校に教授として潜り込んだという。そのことを伝え聞いて、ぼくは教授たちに頭を下げるのを止めた。ぼくをクビにするときに随神《かんながら》の道を説いた男をぼくは許さない。で、旧制高校への転入は諦めた。その矢先、新制大学の発足を知り、定時制高校四年卒業で受験資格が得られることを知った。天の助け、学力のことも学資のことも考えず、受験を決めた。あとのことはあとで後悔することにして、目の前だけは脇目もふらずに走った。あと一日、もう一っ走りだ」

川口は黙って聞いていたが、元郎の話に区切りがついたところで、一つうなずいて立ち上った。

「分った。明日は掉尾を飾ろう」

「選択、決ってるのか」

「理科は生物、社会は日本史。きみは？」

「何も決めてない。試験場で、各四種の問題を見て、少しでもやれそうに思えるものを、その場で書いてみてから決める。悲惨なことになりそうだが、何もやってないのだから仕方がない。きみは頑張れよ」

「うん、そうだね。頑張ろう。そう、頑張るよ」


二日目の一時限は理科。同時に物理、化学、生物、地学の問題が配られ、そのなかの一科目を選んで答案を作成し、提出すればよいことになっていた。元郎は二分間の黙想をしてから、四科目の問題に一通り目を通した。一見してこれは駄目だと分った。選択の自由はあるけれど、選択の能力がなかった。ひとしなみに理解不可能で、問題用紙を差しかえても、答案が書けそうな問題は科目によらず皆無であった。無から有を掘り起すという意気込みも、彼女の写真に触れて勇気を得るのも、基礎知識が何がしかあっての話だ。零を刺戟してもプラスにはならなかった。

結局、四科目の答案を噴飯ものを承知で、しかも袖乞うような情けなさで、文章にはならぬ鉛筆の字面だけで、並べられるだけの空白を埋めた。四科目の答案が、無内容と見当違いを集めて揃えられ、賽子を振るような気持で生物を選んで提出した。偶然に拾ったような正解がわずかあったとしても、自己採点では百点満点の二十点ぐらいのものだったろう。

二時限目の社会の、日本史、西洋史、地理、一般社会についても同様で、少しでもまともに答えられそうなものはなかった。常識で何とかなりそうに思えたが、さすがは大学入試の問題、通俗な歴史小説の知識では歯が立たなかった。尼子十勇士の話もカルタゴのハンニバルの遠征も、しょせんは英雄譚であって歴史ではなかった。地理も、元郎の「所変れば品変る」式では地理にならなかった。一般社会も、二年前に施行された新憲法でさえ、元郎の身についておらず、字面は揃えるけれども論にはならなかった。

理科の場合と同じで、社会についても、四科目のうち、見当違いを集めて空白を埋めた量を勘案し、日本史を選んで出したが、これも惨憺たるものであった。ろくな答案が書けないとは、理科と社会については、受験準備の有無が響くとは承知していたが、予想以上の結果で、常識さえもないことが痛く思い知らされた。

が、元郎には改めての落胆、失望はなかった。国語、英語、数学だけでも、僥倖が重なっていたけれど、まずまずの対応ができたので、以て瞑すべしであった。

銀杏並木に川口がボストンバッグを提げて待っていた。試験が終ったからか、今日の出来がよかったのか、吹っ切れた表情になって言った。

「じゃ、ぼくは帰る。合格発表の日には出て来れないと思うから、結果を知らせてほしい。だめだとは思うけれど……」

「電報打つよ」

川口は片手を上げて背中を向け、元郎の方を振り返らず、正門の方へ去って行った。何もかも終ったような気がして、元郎は肩を落とした。凝り固ったものが背筋を通って崩落してゆくのを感じた。

川口を見送ってから平畑を捜しにゆくと、昨日のところに同じ顔ぶれがたむろしていた。様子は聞かなくても分っていたが、彼らは正解を出し合い、自分の出来に当りをつけていたのだ。

「みんな自信があるらしい」と平畑が言った。「おれと違って秀才たちだからな。自己採点で平均六十点はあるようだ。おれはだめだけど……おまえはどうだ」

「平均点なんかない」と元郎は少し腹を立てながら答えた。「自分で採点する気もないし、出来具合も考えていない。疲れただけだよ」

「そうか、おまえは頑張ったんだ」と平畑は元郎を労うように言った。「おれの方はとっさに受験は無理だし、今回は様子見ということで気楽だった。旅順高校に入るのも一浪だったから、年の取りついで、二十三歳だぜ、T大へはもう一年か二年かかってやるつもりだ。今はまだ松江にいるが、人情風俗の美しいところ、だがおれの故郷じゃない。引揚げてからこのかた向学の志がないわけじゃないけれど、風向きしだいで気持は定まらず、酒とメッチェンも身の内、目の先を流れるだけだ。ただ宇高、おまえのことは気になっていた。入隊したとは聞いていたが、おれもそのあと、勤労動員をサボってクビ、おやじがいた北京へ流れて、兵隊に行かずにはすんだがまもなく終戦。引揚げて松江高校に転入。何のためにそこにいるのか、何のために学ぶのか。美しい日本はおれたちの祖国なのか。そんな意味のないことを考えて、日々おれは気持の上だけにしろさ迷っている。流離の岸、……おまえ、『流亡の曲』って歌、知っているか」

元郎は平畑の話が急に重くなってきたので、黙って待った。辺りの受験生たちも試験が終ったので、ほとんど姿を消していた。平畑は周りを見回してから、元郎にだけ聞かせるように、低い声で歌い出した。

美しい山　なつかしい河
追われ追われて果てしなき旅よ
道づれは涙　幸せはない
国の外にも　国の中にも
故郷はどこ　父母はどこ

国は盗まれ身よりは殺され
さすらい流れて行く先もない
国の外にも　国の中にも

喜びの日を　宝の土地を
ふみにじる足　飢えと苦しみは
何時の日にか終えん　怒りはふるう
国の外にも　国の中にも

平畑の歌は上手ではなかったが、自分のなかに篭めた思いを呟くように歌った。同級生のなかにも知っているものがいるらしく、囁くように追いかけたり、ハミングで合せたりして、それぞれの思いを託しているようであった。

元郎はその歌を知らなかった。が、初めて聞きながら、痛ましく切ない思いに揺さぶられた。その歌詞とメロディが訴えるものは、元郎が経験したことよりも痛切に思えた。そして自分の辛さだけでなく、多くの人が味った個々別々の悲しみ、恨み、怒り、それらが一体となった戦争の悲惨な足跡を知らされた。

「いい歌だな」と元郎はしみじみと言った。

「歌なんてくだらないよ」と平畑は言った。「それより、来年またここで会おう。どうも二人きりになりそうで心細い」

「おれはもうここには来ないよ」

「どうして。一度ぐらいでへこたれちゃ駄目だ」

「学資もないし……」

「アルバイテンすればいいじゃないか」

「アルバイテンする気もないし、シュトゥディーレンする気もない」

「何だ、ニヒリズムか」

「そんな大それたことじゃない」

「浮世を恨んですねてる」

「そうかも知れない」

「がっかりさせやがるな」

じゃあ、と平畑に片手を上げ、理乙の仲間たちに軽く頭を下げて、元郎は歩きはじめた。

「じゃ、手紙をくれ」と平畑が追いかけるように言った。

「ま、気が変ったらな」と元郎は振り返らずに答えた。「その気になったら、松江に訪ねて行くよ。当てにせずに待っておれ」

「岡山からなら一っ飛びだ。宍道湖のしじみを食わせるから来いよ」

四

元郎は一人になると、正門を出、大学の塀に沿って本郷通りをゆっくりと歩いた。本郷三丁目の十字路を過ぎ、一丁目の角に〈巴屋〉というのれんが下がっているのを見つけ、中に入った。その店を過ぎて右へ折れると、広い通りがお茶の水駅へ導いてくれるはずだった。〈巴屋〉では例によって、麺類外食券でもりそばを頼んだ。一枚のせいろでは空の胃袋は満たされなかったが、空には自由な想像を差し込んだ。川口は夕方の急行〈瀬戸〉が待てず、普通車を乗り継いで帰るといっていたが、今頃東海道のどの辺にいるだろうか。定時制高校の主事谷口先生は、手に余る生徒との賭に頭を悩ませているだろうか。

元郎自身は試験の結果は考えないことにして、差し当っての今夜の泊りは決めておかねばならなかった。頼めるところとしては、横浜の大叔父の家しかないが、親戚といっても一度しか会っていないのだから行きにくい。で、先に、これも知人ではないが、その夫人から言伝を頼まれたという理由で、藤平耿介を訪ねてみることにした。

元郎は藤平耿介の名と作品のいくつかを知っていただけで、詳しいことはあまり知らなかった。伝え聞くところでは、藤平は岡山県備前町の生れで、戦前戦後を通じて、岡山で同人誌を主催し、作品を発表してきた。戦後新人作家が「戦後派」などと呼ばれてめざましく登場することがあったが、藤平は彼らより少し遅れて出発し、生活周辺の辛苦を描くことで認められるようになった。

その頃元郎は文芸誌にもたまに目を通すようになっていたが、藤平耿介の短篇は「奥津温泉」、「真子を待つ間」ぐらいしか読んでいなかった。元郎には藤平の作品の善し悪しは分らなかったが、文芸誌の座談会で志賀直哉が、「最近の新人で藤平耿介という人はいい小説を書くようだね」と言うのを見て、わが事のように嬉しく思った。

とはいっても、元郎自身がまだ文学をやる気になっておらず、同郷の作家といっても面識はなく、遠い親戚の一人に肩入れしている感じにすぎなかった。それがひょんなことから藤平夫人を知ることになり、彼女から話を聞いて、藤平耿介の方にも関心を持つようになった。

昨年の秋、元郎の一家は戦後三度目の引っ越しで、岡山市の南郊、立川飛行機製作所跡の旧工員寮に移っていた。その寮の同じ二階の一室に、藤平耿介の妻初子が二人の子供と暮していたのだ。耿介の方は、師の外村繁を頼って上京し、師の家の近くに部屋を借りて原稿を書くことに精進していた。

元郎がつい気を許して受験で上京することを話すと、初子は藤平が喀血して入院していることを言い、託したいものもあるし、様子も見てきてもらいたいから、藤平耿介に会ってきてくれと言って、病院の住所を教えた。元郎は安易に引き受けた。

〈巴屋〉を出てお茶の水駅まで歩き、中央線で一本、阿佐ヶ谷駅で降りた。病院までは歩いて五、六分、木造二階建の河北病院はすぐに分った。看護婦に断って階段を上り、まっすぐ廊下を行って突き当たり、その手前の部屋の入口に藤平耿介の名札があった。声を掛けると、男の声が返事をし、女が顔を出した。

元郎が名乗ると、話は通じているらしくすぐに招じられた。六畳の畳の部屋にマットが置かれ、その上に蒲団を敷いて耿介が寝ていた。上半身だけ起こし、耿介は「ああ」と言った。顔は蒼白く、頭髪が黒く長かった。元郎は耿介と女に挨拶をし、耿介に横になってもらい、その枕許に胡座をかいた。

女が茶を運び、元郎が初子から託された包を渡した。元郎は女がいることを予想していなかったから、何を言っていいのか分からなかった。耿介は喀血をして病院で一人、手当てはしてもらえるとしても、不如意な生活に苦しんでいると思って来たのに、手厚い看護をする看護婦でない女がいて、行き届いた世話をしていた。

「ご病状の方はいかがですか」と元郎はとってつけたように尋ねた。

「え？　ああ、大丈夫」と耿介はまごつきながら答えた。「もう血は止っているから」

横から女が口を挾んだ。

「宇高さん、T大受けるんですって、偉いわねえ」

「別に偉くはありません。大学なんかどこだっていいんです。行かなくてもいいんです」

「小説でも書こうというのかしら」

「小説は読むけど、書きません。まだ書くものがないんです」

「じゃ、どうするの」

「分りません。戦後の薄明りのなかを、まだしばらくは考えつづけることにします。二つの光がどちらかに片寄るまで、明と暗のはざまを歩きます」

元郎は急に立ち上った。女から耿介へ視線を移して言った。

「自分でも何を言っているのか分りません。恥しいので退散します。お大事になさって下さい」

病室を出ると、元郎は腋下に冷汗をかいていた。駅に戻る途中、喫茶店に入った。コーヒーはキリマンジャロに、煙草はピースにした。二日間の受験、予想どおり何の成果もなかったけれど、徒労に尽力したことを、自分で慰労してやりたかったのだ。

受験については瓢簞から駒で、初めから希望を持たなかった。だから、その惨憺たる結果に失望もなかった。何も起らなかったし、その前後に自分が変ることもなかった。行きがかりで合格発表まで残ることになった。自分のことは確かめようとも思わなかったが、川口から頼まれてもいたし、岡山駅を発ってからはそこまでが一連の行動と考えていた。

初対面の藤平耿介については、ほとんど物を言わなかったのだから、元郎に格別の印象はなかった。ただ、作家というものを知らないのに、耿介を一見して、画に描いたような作家だと思った。蒼白な顔、長い髪、それに細く白い指、傍にいた女、喀血後の臥床ということで、元郎が俗な画を描いたのかも知れなかった。

耿介に妻以外の女がいたことは意外だったが、岡山の妻には子供を育てさせ、東京の女に看取りをさせる、そのために暮しも二つ、生活費も倍を要し、病床で原稿を書いてまかなわせる。暮し向きの両立は天晴れだが、愛によろめいた報い、心の中で矛盾はないのだろうか。

だが、耿介を看取る女、真子といったが、日頃何をしているのだろう。東京の下町ふうの物言い、物腰、元郎と変らぬ年格好、物おじしない性格、さっぱりとした気性、悪魔のような家庭の敵とは見えなかった。初対面で、何をするのかと問われ、元郎は何も答えられず、狼狽した。真子のことを、岡山の初子は何も言わなかったが、知っているのだろうか。


東横線に乗って大叔父、入谷尚裕の家に向いながら、元郎は気が重かった。受験のために上京するので、一週間ほどの宿をお願いしたい、という手紙を一方的に送りつけただけだったから。父市郎にも受験のことは話してないので、入谷家への依頼状は頼めなかった。

入谷尚裕は市郎とは従兄弟同士だが、市郎が二十代半ばで岡山を離れ、家族を連れて大連へ渡ったので、入谷家との付き合いはほとんどなくなった。尚裕は現在四十代後半でH大学英文学部の教授、岩波文庫からテニスン「イノック・アーデン」の訳書を出していた。

元郎は川口には、会ったことのない大叔父と言っていたが、一昨年の夏だったか、本籍地の親戚の離れ屋を借りていたとき、不意に尚裕が訪ねてきたことがあった。急ぐとかで軒先の立話で終ったが、傍にいて元郎は、尚裕が市郎に「お世話しますよ」と言うのを聞いた。元郎に向学の志があれば面倒を見る、というのである。ただ、「赤くなるのが怖い」と付け加えた。元郎の意向を確かめることなく、親しいとはいえない従兄弟同士の再会はそそくさと終った。以後も文通はなかったけれど、元郎は受験となったとき、軽く聞き流したはずの片言を、やはり心に留めていたのかも知れない。

横浜の港北区篠原町に着いたとき、まだ夕方にはなっていなかった。玄関を開けてくれたのは入谷夫人で、一目で元郎と分ったのか、歓迎するはずもないが、表情を曇らせるでもなく招じ入れてくれた。家族は出払っていて夫人が一人だけ。階下の広間に小さな食卓が置かれ、差し向いに椅子が二脚、その一つに腰掛けて元郎は、茶をすすめられた。

むろん話ははずまなかった。四十代半ばの夫人は落ち着いた物腰で対し、沈黙が長引くと見ると、程よい頃合で当りさわりのない質問を短く出した。が、元郎は一言、二言答えるだけで、大方はうなずく程度ですませた。何といっても位置と静けさが悪かった。広い床の上の小さな机で尋問されている感じ、身を隠すところもなく、落ち着かない空間だなと思った。

そのうちに家族が帰って来て、娘、次男、長男の順に紹介された。娘はすぐ自分の部屋に隠れてしまった。長男の尚一は今何をしているのか言わなかったが、今回のT大は見送って来年受験するとだけ言った。次男の裕二はH大に通っているが、あまり人見知りをせずに語り、元郎が藤平耿介を見舞って来た話をするとすぐ興味を持って聞き、きみも今に中央線沿線作家の一員に加わるのだろうと言い、自分は演劇をやろうとして勉強している、と付け加えた。

やがて尚裕が帰宅すると、元郎を見て「やっと来たか」と言い、椅子から立ち上って挨拶をすると、「いつ来るかだけでも連絡しといてもらわなければ困る」と言い添えて二階へ上った。書斎と夫婦の寝室がそこにあるのだろう。

尚裕は着物に着替えて降りて来、一階の浴室に入った。五人が掛けられる食卓は、広いフロアの角の一隅で、その奥に台所があるのだろう。やがて尚裕が風呂から上って家族の食卓に着き、一家の夕食は始まった。元郎は午後の茶の卓と一緒で、広いフロアーに一人だけ、夫人が食事を運んでくれるのだ。日時を告げずに急に飛び込んで来た元郎に食事を供してくれる、ありがたいことではあるが、元郎は温かい応対だとは思わなかった。意識は周囲の空間に散らばり、身は独房にいるような気分だ。

二日か三日も経てば、元郎も家族の夕食に入れてもらえるのかと思ったら、そういう気配はまったくなく、元郎は広い床の中央、小さな食卓、食事を運び片づけるのは夫人が一人だけ。お愛想に元郎が「おいしかった」と言えば、夫人は感情の変化もなく「それはようございました」と答えるだけ。

夕食のあと尚裕が床の真中に寄って来て、元郎の相手をするというように茶を飲んだ。

「入学試験は終ったのか」

「終りました」

「いやに落ち着いているけど、出来たのかね」

「さあ？」

「さあって、自分のことなのに分らないのかね」

「いいえ、自分のことだから分らないのです」

尚裕は性温順な人らしく、青二歳の元郎の反論を素直に受け止めた。

「そう言われればそうだ。自分のことが一番難しい」

「答案の出来のことでしたら、出来はよくないと思います。準備がなかったのですから」

「困ったな」

「準備がなく、出来がよくなかったのですから正常です。だれも困りませんよ」

「だめだったら小説を書くとか……」

「話が飛躍していますよ。たかが小説といったって、興味本位や思いつきでできる仕事ではないと思います。血を喀きながら書いている人もいるんですから」

「それはそうだ。だれでもプロフェッショナルとなれば命がけだろう」

「あなたが訳されたテニスンの『イノック・アーデン』、読ませて下さい」

「いいよ。家に余分があるから一冊あげるよ」

テニスンのことは何も知らなかったが、屋根裏部屋のその詩人はいつも紫煙をくゆらせて詩想を練っていると何かで読んで、元郎は一時期その真似をしたことがある。ちょうど田舎の離れ屋に屋根裏部屋があった。詩は書けずに煙草ばかり吸っていた。

試験の合格発表は一週間後だったから、待つのが長かった。かといって、入谷家の近くを散歩するのは遠慮せられ、電車に乗って横浜や東京の繁華街に出るのは気が重かった。結局、入谷の家にいてテニスンその他の英詩集を借りて読むことにした。入谷の息子たちは、長男が元郎と同年齢だがあまり話しかけてはこず、少しくだけた次男とは話すことはあったが、大方は元郎はこの家で一人だった。

五

合格発表の日、元郎は朝をゆっくりして、本郷の大学へ行った。構内の図書館の前に貼り札が継ぎ足してあって、そこに番号が何列にも並んでいた。元郎はまず川口の番号を捜した。が、その番号は抜けていてなかった。その前後を何度も確かめたがやはりなかった。帰ろうとして歩きながら番号の列を眺めていたとき、思いがけなく自分の番号を見つけた。川口のがなくて自分のがあるというのが、変な具合だった。川口に電報を打たなくちゃ、と思った。

貼り札の前には発表を見に来た受験生、友人、きょうだい、親などが一緒に、または別々に、あるいは一人で、かなりの数の人が群がっていた。その人たちはみな静かで、それぞれの喜びと悲しみを小さな仕種と小声で表わしていた。その群のあいだを抜けようとしたとき、元郎は突然疼くような喜びを感じた。思いもしなかった合格の実感が急に胸に溢れたのだ。けれども、その喜びは長くは続かなかった。合格はしたが入学はできないという単純な事実、自分の条件を思い出させられたからだ。

うかつに喜んでしまったことを悔い、元郎は天を恨んだ。入学できないものと知りながら、ちょっとばかり夢を見させ、夢と現実を合わせて奈落に落とすというやり方だ。おのれの身の置き場を知っているから、仇な夢を見ないように、小さな喜びも抑えがちに来ていたものが、思わぬ合格で破目を外し、つい嬉しがってしまったのだ。運命の皮肉というにしても心ない仕打ちだ。

元郎は受験生の悲喜こもごもの姿を縫って正門を出、電車に乗った。車内の中ほどに立ち、吊り皮に下がって、腰掛けている乗客の居並ぶ前で、思わず元郎は不覚の涙を流した。声を殺して、顔を上げたまま、溢れるものが流れるのに任せた。一つの無念ならば耐えもしようが、二重の無念にはやり場がなかった。

横浜の入谷家に戻ったときには、元郎の感情の乱れはひとまず収束していた。入谷夫人は一人でいた。元郎の顔を見ても何も言わず、ただ黙って待っていた。

「合格しました」と元郎は言った。

入谷夫人は一瞬間を置き、元郎の顔をもう一度見直してから落ち着いた声で答えた。

「それはおめでとう」

元郎はボストンバッグを持って出かける姿勢になった。

「これから病院へ寄って作家を訪ね、夕方の急行で岡山に帰ります。お世話になりました。みなさんによろしく」

入谷夫人は余分なことは言わず、元郎を送って出た。並んで歩きながら黙っていたが、駅まで来ると一言、「ほんとによかったですねえ」と言って戻って行った。気楽な一週間ではなかったが、終りの夫人の短い言葉が身にしみた。希望はなかったけれど、岡山へ帰るほどの励ましにはなった。

阿佐ヶ谷の河北病院へ寄った。病室の畳に上って胡座をかき、元郎は黙って頭を下げた。入谷夫人もそうだったが、藤平耿介も元郎の顔を見ても合否を問おうとはしなかった。嬉しそうな顔をしていないので、問うことをためらっているのだ。真子が出てきて、屈託のない顔で尋ねた。

「宇高くん、受かったの?」

「受かりました」

耿介が急に振り向いて表情を柔らげ、明るい声になって言った。

「それはよかった、寿司でも取ろう」

元郎は黙って頭を下げた。知り合って二度目の、それほど親しいとはいえない他人が、他人事に喜びを見せるのが、元郎には不思議だった。元郎自身はまだ喜ぶと決めたわけではないのだから。

「ご両親がお喜びになるわねえ」と真子が言った。

「まだ知らないと思います」

「ご両親に知らせてないの？」

「受験したことも知らせていませんから」

「どうして」

「大学へ行くかどうか、入れるかどうか、学資が出るかどうか、それに、自分の心も決っていないからです」

「でも、入ったんだから、惜しいじゃない？」

「そう、惜しい」

そう口に出して言ってから、元郎は自分の気持がいくらか落ち着いて来ているのに気づいた。その前までは運命の皮肉と称して、合格と入学を相反するものに決めて考えていたのだ。それが、「惜しい」と認める心のゆとりで、二律背反として決めつけるのでなく、入学するかどうかはこれから考えればいい、と思えるようになった。先のことは相変らず分らないとしても。

運ばれてきた握り寿司を食べ、そのもてなしの気持を受けて、元郎は体がしっかりしてきたのを感じた。突き当ったところで考えるという普段の姿勢を取り戻した。それまでは思いがけない幸運に、失うことの怖れを先取りして、身の不運を慌てて嘆いてみせていたのであった。不幸をまず決めてかかるのは、弱い自分のなかの一番弱い心だ。強くなれなくてもいい、普通の姿勢で、事にはそのときに向き合うことだ。

元郎は耿介と真子に礼を言って病室を出た。駅へ向う途中、この前に寄った小さな喫茶店に足を止めた。前回のときは、二日間の試験が終った日で、初めて藤平耿介を病院に見舞った帰りだったが、予想以上に答案の出来がひどかったので、自棄的な気持の高ぶりがあり、キリマンジャロとピースで奢ったときだった。

今日は岡山に帰る挨拶のつもりで、耿介から初子への言伝もあるかと寄ったのだが、病室での握り寿司と短い会話に和められ、それまで持続していたやけっぱちな高揚を冷ますことができ、依然として希望は危ういままに、事態をありのままに見ることができるようになった。で、普段に戻ってゴールデン・バットで普通のコーヒーを飲みながら、夕方には岡山行の急行に乗るとして、それまでに何をしておかねばならないかを考えた。

仮に入学すると決めても、その手続をするのにまだ一週間の余があった。今日という日を遅れさせる気になれば、それに続く時間は無限のように思え、慌てることも悩むこともなかった。合格と入学のあいだに「惜しい」という気持が入り込んだ以上、元郎が判断停止をしても、感情は独自に動き出すはずだ。それを傍目に見守って、意志に変ろうとする頃合を計り、具体的な手を添えてやる。入学の手続き、入寮の申し込みなど、ぎりぎりに間に合えばいい。

　翌朝岡山駅に着くと、そのまま岡山大学の法文学部へ出勤した。欠勤届は出してあったから、図書課の主任もほかの同僚も何も言わなかった。旧六高の図書館から多数の書籍を移したばかりで、みな忙しくしていた。元郎も何ごともなく多忙に加わった。

　その夕方家に帰り、夕食が終ったあと、元郎は父母にT大学を受験したこと、合格したことを報告した。一遍に二つのことを知らされて、母の浦乃が「ありゃあ」と驚いた声を出した。弟の丈郎と妹の草代は笑顔で見合っていた。父の市郎は一人黙念と、掌で顎を支えながら考え込んでいた。やがて掌を膝に戻し、熟考した末のように言った。

「学資は出せんぞ」

「ええ、分っています。相談もなしに勝手にやったことですから」

「それでも大学へ行くか」

「もう二つ三つ、たとえば寮に入れるか、授業料の免除が認められるか、育英資金が借りられるか、などを確かめてから決めます」

「それでやれるのか」

「計算すればやれないでしょう。だから、計算しないことにします。幸いなことに、普通なら大学は四月に始まるのが、新制大学の発足で入学試験も入学式も授業の開始も遅れおくれになり、新学年が始まっても一週間で夏休みに入ります。だから、大学で一週間生きたらすぐ岡山へ帰って来て、臨時の仕事を見つけて働きます。肉体労働をいとわなければ何かあるでしょう。一夏の稼ぎで九月に大学へ戻り、寮の食堂で食えば、何とか冬休みまで持ちこたえられるかも知れません。それはまだ先のことですから、近くになってから考えます。大丈夫です。何とかなりますよ」

元郎はよどみなく話している自分を不思議に思い、いつのまにか入学の決意、入学後の生き延び方が出来上っているのに驚いた。何だかやれそうな気になってきた。その意気込みが染ったのか、丈郎も草代も、市郎までもが安堵したようにうなずいた。一人浦乃だけがまだ不安そうにこだわっていた。

「大丈夫かねえ。体をこわしたら何もならないからねえ」

「分っている。気をつけるから。心配しないで」

そう浦乃に答えながら、元郎は自分の体のことをあまり考えてはいなかった。幼いときから小児喘息を患い、虚弱な体質ではあったが、中学のとき器械体操をやり始めてから元気になり、新兵の訓練も、戦後の捕虜生活も、家族の許に戻ってからの飢えと寒さの大連での二冬も、何とか乗り越えて来たのだ。自信というほどのものではないが、若さもあって、身一つなら何とでもなると思うようになっていた。

だから、いつも体のことよりは心の持ち方が気になっていた。とはいっても、実際のことになると行き当りばったりで、筋道を立てて進むことはできないくせに、行為の直前にはかならず、なぜそうするのかとか、どんな意味があるのかとかを考えてしまうのだ。いわば観念の処遇が気になるので、決着がつくことではないのに、とりあえず触れておかなければ落ち着かないのだ。観念化した癖のようなものであった。

当面のことでは、大学へ行く気になったことで、受験のとき以上に、なぜ、何を学ぶのかが気になった。進学を諦めていたときも、機会が訪れて受験したときも、大学へ入る気になった今も、学ぶことについての迷いは変らなかった。求める心がありながら、主題を決めて道筋を追おうという姿勢に欠けていた。ただ考えようとしていた。生きている自分に方向と質量を与えようとしていた。それは、いつも若さゆえのエゴイズムと重なって、前へ出ようとするのだが、現実のきっかけをつかみそこね、愚昧に、怠惰に、小さな円環を走るだけだった。

翌朝家を出るときには、元郎はすっきりした気持で入学を決めていた。入寮のことも、奨学金のことも、確かめようと思いついただけで、一夜のうちにそれらはみな成ることに変っていた。その一つの条件が欠けても入学はあり得ないから、条件も結果も成るでなければ、元郎の現在はすべてが無になってしまう。今何か事を起そうとするなら、与えられた可能性はすべて現実でなければならなかった。危惧は生じてはならなかった。

岡山大学の勤め先、法文学部図書課の自分の席に着いて同僚と挨拶を交し、茶を一杯飲んですぐに仕事にかかった。旧六高の図書館から送られて来た書籍の梱包が、部屋の机のまわりに山積みされていた。大学が発足して二ヶ月、とりあえずの図書室もいずれ大きな図書館に変るだろう。そのときには元郎はここにいないだろう。六高のときも含めて二年通った。忙しくはないし、自由に本が読めて恵まれた職場だった。

午前中は上着を脱いで手拭いで口を覆い、塵と埃の多い書籍の整理をした。ラベルに従って本を分け、書庫に収めたり、棚に並べたりした。山積みされた本が消えると、新しい梱包が開けられた。若い課員は手拭がはずれたままで作業を続け、精力的に梱包を片づけた。

一仕切り仕事の片がついたところで、汗ばんだ体のままで昼食、そのあとで元郎は主任に退職を告げた。理由を訊かれたので進学することを言った。いくらか感づいていたとみえて、主任はあっさり了承した。

「やっぱり大学へ行くのか」

「ええ」

「T大だって?」

「ええ」

「ようやったなあ。おめでとう」

同年配の同僚たちも寄って来て、口々に祝いを言った。

午後も普通に仕事を続けて五時に仕舞い、その足で烏城高校へ出かけた。職員室で谷口先生に合い、T大へ行くことを告げた。

「やったか。男じゃのう。賭はおまえの勝、卒業証書は持って行け。が、これからが難儀じゃのう。金も要るし……授業料免除願いは必要なときには書いてやる。ま、気をつけてやれや。困ったことがあれば、言うて来いよ」

「ありがとうございます」

元郎は谷口先生の言葉を、日頃は逆らいがちであっただけに、素直にありがたいと思った。だから、出席日数が足りないことを、谷口先生がどう処理したのか、あえて訊かないことにした。戦後の混乱のなかで飢えと貧しさを、戦争の傷痕とともに持つから、この定時制高校では生徒と教師のあいだに信頼関係があった。特に主事という肩書を持つ谷口先生は、自分に子供がないこともあって、生徒の身を思いやり、授業以外のことでも進んで相談に乗った。

その親切が元郎には却って煩しく思われることがあり、自分の怠惰の裏返しで、谷口先生の国語の授業を批判し、その訓育指導にも嘲笑的に反抗することが多かったが、そのがさつながらも温かい抱擁力に結局は包まれるのであった。彼の筋を外してまでの親切は、混乱の時代だから必要とされ、現実に効用を持った。

教師たちに礼を言って職員室を出ると、辺りはもう薄闇に閉ざされていた。校舎はかつて烏城といわれた城跡にあった。暗くなった運動場から振り返ると、教室に灯りが点っていた。

その灯が窓の外の薄明に溶け合っていた。ああ、トワイライト、薄明り、これから一方の光が去ってゆくのだ。

「宇高くん」と呼ばれて振り返ると、薄明りのなかに川口が立っていた。「誰そ彼」のなかで、声が先に来たから、じっと見て、川口らしい顔形が分った。声がなかったら、文字通り、だれだろう、あの人は？　という薄暗がりのなかだった。

「ああ、川口くん」

「おめでとう。やっぱりきみは力があったんだな」

「いや、何かの間違いじゃないかと、まだ信じられないよ」

「ちょっと寄って行かない？　きみには祝盃、ぼくには惨敗の、けじめをつけておきたいんだ」

「いいよ。だけど、ちょっと待って。鳥城に別れを告げるから」

元郎は薄闇のなかで高鉄棒に飛びつき、懸垂振上り、後方回転、蹴上り、巴と初歩的な演技を連続して砂場に降りた。川口が拍手をした。元郎は中学のとき器械体操部にいて練習したのだ。神宮大会に出場するための関東州予選、そのときに与えられた規定課目の一部だった。あれから五年、体操の試技は一度もする機会がなかったが、久しぶりでも肉体が忘れていなかった。これから東京の大学へ行って、大車輪などすることがあるだろうか。

元郎は川口と連れ立って校門を出、旭川の土手の細道を軒灯の巷に向って歩いた。

ちっぽけな無頼派

一

初めての東京暮し、大学の寮に入って一夜が明けた朝、宇高元郎は、入学式に出席するために〈哲研P号〉室を出た。寮は教養学部（教養課程の二年間）の駒場にあり、入学式の行われるY講堂は本郷の文学部のある構内にあった。

渋谷で乗り換えるとき、元郎はまず人の多いのに驚いた。長い歩廊を幅一杯に埋めて、人々は黙々と同じ方向に流れて行く。元郎はその流れのなかに一人取り残されてゆきながら、ふと壁の上に、無造作に貼られた手書きのポスターを見た。

近くのJ女子大学で夏季講座が公開されるという。午前中の一齣は、同大学助教授によるフランス文学。題目は「ジャン・ポール・サルトルの『嘔吐』について」。それを見て元郎の足が止った。入学式のことをちょっと気にして踵を返した。サルトルの話を是非聞きたいと思ったわけでもなかった。

添え書きしてあった略図で、Ｊ女子大学の在りかはすぐに分った。門を入ると、門衛の老人が低い声で呟き、校舎の二階を指差して講義中の教室を教えてくれた。この大学はもう夏休みに入っているらしく、教室は閉されており、庭前の木や小道に女子学生たちの姿はなかった。

が、正面玄関二階の一教室だけ窓が開かれ、そこから中年の男の低い声が洩れていた。その声をたよりに元郎はその教室を求め、足音を忍ばせながら、開いた後ろのドアから入った。入口に案内役らしい女子学生が立っていて、元郎を無言で空いた席に導いた。元郎は冷汗をかきながら空席に収まった。

黒板を背にして教壇に中年の男が立ち、考えながら説き進めているのであろうが、中断が多く、その度毎に教室のなかの暑さと静けさが一体になって深まった。女子学生ばかり二十人余もいるのであろうか、みな顔を上げて背を伸ばし、座席の上にきりっとした後ろ姿を見せていた。

教室のなかに講師を除けば、男は元郎が一人だけだった。場違いのところへ来たと遅まきながら気がついた。目のやり場がないような気がしてうなだれた。講義の声が再び始まっていた。それが子守歌のように聞こえ、元郎はたちまち眠りに入った。

どのくらい眠ったのか、目が覚めたときには、講師の話は終りに近づいていた。「いつかのアシル氏のように、世界はその危機を、その〈嘔気〉を待っていた」と「嘔吐」の一節を引用し、彼は講義を終えた。一瞬の間をおいて、女子学生たちが礼儀正しく拍手をした。

元郎は教室を出ようとして、ドアの傍に立っていた女子学生に呼び止められた。

「いかがでしたか、今日のお講義」と彼女は言った。

物馴れた話しかけ方で、彼女が今日の催しのリーダーらしいことが分った。ちょっとためらってから、元郎は率直に答えた。

「よく分りませんでした」

「『嘔吐』はお読みでしょう」

「半分ほど」

「半分ならなおさら、今日のお話は、もう半分を読みつぐのに役立つと思いますよ」

「読み続けるならね」

「あら、読まないの?」

彼女の言葉が急にぞんざいになった。しかし、元郎は丁寧に答えた。

「ぼくは朝ご飯を食べていませんから空腹で、嘔き気がありましてね。サルトルによれば、嘔き気は自分の内になくて外に在るそうです。つまり今のぼくは、あなたの顔に存在を感じる、ということになりますか。今日はどうもありがとう」

一礼して元郎は廊下に出、ほかの女子学生たちのあとを追った。

渋谷の駅まで歩きながら元郎は、自分の大学の入学式ももう終ったろう、と悔いも自責もなく思った。むろん、よその女子大での特別講義にも、女子学生たちの背中の並びを見たという以外に何の感慨もなかった。ただ空腹感に満たされただけ。駅の近くで何か食べようかと思ったが、目の前の喫茶店に入った。

元郎はテーブルに着いてメニューを見た。サンドウィッチもあったが、少し迷ってからコーヒーだけ注文した。コーヒーが運ばれてきてウエイトレスが去るのを待った。近くにだれもいないのを確かめて、まずコーヒーに角砂糖を二個入れてミルクは残し、グラスの水に残されたミルクを落とし、やはり角砂糖を二個入れた。

掻き混ぜて白く濁った砂糖水を一気に飲み干し、それから一息吐いて煙草を吸い、コーヒーをゆっくり掻き回して一口飲み、煙を吐きながら二口飲んだ。喉が乾いていたので手製のミルクセーキもうまく、煙草をくゆらしながらのコーヒーはもっとうまかった。さてどうする、と元郎はとりあえずの満足感で当てもなく考えた。

が、なおも煙草を吸い続け、コーヒーを飲みついでいたら、やがて元郎の胃袋はおかしくなり、目が回りはじめた。しきりと出る生あくびを嚙み殺しながら、元郎は何だ、これは、と思った。周りがみんな存在だらけじゃないか。

元郎は寮に帰った。哲研P号室にはだれもいなかった。みんな入学式に出て、そのあとどこかへ回ったのだろう。夕食の時間まではまだ間があった。元郎は吐き気を堪えながらベッドに横になった。だれもいない部屋は静かだ。

同室者は六人。ベッドは壁や窓に寄せて向きはそれぞれに置かれ、壁の反対側には机が据えられ、その上の本立てや、積み重ねられた本の山で、おおむね寝姿は隠されている。狭い通り道。ベッドに寝たまま見られるのは、壁の上部に書かれた相伝の落書。

手枕をしたままで見える落書は限られているが、時を経て薄れているものもあれば、その上に新しく書かれたものもあり、縦横斜めに大小の字があって、寝たままではなかなか読み取れない。辛うじて字と意味が分ったのは、「朝寝して昼寝のあとは晩に寝てときどき起きて居眠りをする」というのが一つ。

これはどこにでもありそうな、およそ学生らしさのない平凡な文句だが、筆者はたぶん勤勉家であって、自己韜晦しているだけなのだろう。もう一つベッドの横の壁、さらに低いところに、「人は人の上で人を作り、人の下で人を作る」というのがあった。これは福沢諭吉の有名な言葉をもじったにすぎないが、書いた人自身が恥かしく、ちょっと気が付かないところに小さく記している。品位は下がるけれど、一瞬何だろうと思わせる妙がある。

そんなことをぼんやり考えていると、不意に部屋の隅から声が届いてきた。

「入学式はどうでしたか。総長の話、なかなかのものでしょう」

元郎は上半身を起して声の在りかを捜した。すると、部屋の対角の位置から起き上った男が、積み重った本の蔭から顔をのぞかせた。

「ぼく、松沢です」

「あ、どうも、宇高元郎です」

松沢は黙ってうなずき、はにかんだように目をそらせた。その視線の先には壁の落書があるのだが、それを見ているふうはなかった。元郎は言った。

「ぼくは入学式に出るつもりが、よそへそれて、行きませんでした。まずかったでしょうか」

「いや、別に。ぼくも行きませんでした。サボったとか反発したとかいうのでなく、何となくです」

「ああ、ぼくもです。何となくです。行きかけて、ひょいと気が変った、というより足が変ったんです」

松沢は何も言わずに短く笑った。

「J女子大の特講でサルトルの『嘔吐』の話を聞きました」

「面白かったですか」

「いえ、吐き気の存在を説かれても難しくて……ただぼくは朝飯抜きだったから、空腹で気分が悪くて、吐き気の実感はありましたけど」

松沢はまた小さく笑った。

「ぼくは駄目なんです」と松沢は言った。「哲学や文学は人生を解き明かすものなのに、少し読むと頭が重くなり、自分の人生が暗くなるんです」

「だけど、きみはこの哲研を選んだんでしょう？　フィロソフィのＰの室ですよ」

「この部屋はたしかに哲研Ｐ号室だけど、好きなもの同士が一緒に暮すために、その名を付けて一室を確保しただけ。空きがあればだれでも入れる。ぼくは映画が好きなだけなんですから」

「何だ、ぼくは入寮のとき真面目に受け取って、希望の室は哲学研究会と書きましたよ」

「それは大変だ。同室のほかの四人はみな、唯物弁証法とか唯物史観とか本気で勉強するつもりなんだから。きみは議論を吹っかけられますよ。きみが観念論ならなおさらです」

「参ったなあ」と元郎は大げさに頭をかいてみせた。

松沢は笑いながら話を変えて言った。

「きみ、それより映画に行きませんか。まもなく七月十四日、カトルズ・ジュイエ。ルネ・クレールの『巴里祭』が、新宿の日活名画座で上映されます。三十円で見られますよ」

松沢はよほど映画が好きなんだろう、元郎を誘うのに熱意がこもっていた。元郎は映画はあまり見ず、特にフランス映画はめったに見たことがなかった。が、松沢の好意を受けた。

「連れて行って下さい。ただし、夏休みに入っても東京に残っていたらの話ですが……」

松沢は嬉しそうに、合点の印か親指と人差指で丸を書いてみせた。

入学式に出ていた四人が帰ってきた。焼跡の残る日光のなかを歩いてきたらしく、四人ともが全身に埃と熱を浮かべていた。哲研P号室は窓はあっても北向きなので、空気の気配も沈んでいた。それだけに四人が持ち帰った溌剌の気が目立った。口々に「帰りました」と言い、それぞれのベッドに収まった。

机や本の衝立に隠れて四人とも、身の回りの整理をしているのだろう、一頻り小さな動きが続いた。松沢の顔はいつのまにか見えなくなっていた。静かになって一息吐いたとき、一人が立ち上って元郎のところへ来た。背の高い蓬髪の男だった。坐っている元郎に少し身をかがめるようにして言った。

「ぼくは文一の鈴木です。よろしく」

「ぼくは宇高、文二です。何もないからほんとは無二ですが、よろしく」と元郎はくだけながら答えた。

文一というのは教養学部のなかで文科一類、二年を修了すれば、本郷では主として法学部、経済学部に進むコース。ついでに言えば、元郎の文二は文科二類、主として文学部、教育学部に進むはずだが、先のことは分らない。「ほかの三人を紹介しておきます」と鈴木は言った。

「ぼくの隣が小林、その隣が田中、どれも文一です。松沢さんはもうご存じでしょう」

「ええ、さっき少し話しました」

遅れて、足先を向き合せているベッドから、最後の一人が坐り直して自ら名乗った。

「渡辺です、理科二類。おやじが町医者なもんで、いずれは跡を継がなきゃならんのですが、目下はヴァンダー・フォーゲル、渡り鳥、いや旅烏かな」

元郎は笑顔でうなずいた。四人ともに十八歳前後の若者だ。その年頃元郎は新兵で終戦を迎えた。異郷の大連で引揚げを待ち、父の郷里岡山に帰って二年ほど勤めたから、受験して入学したのは遅れ、二十二歳になっていた。「松沢さん」と「さん」付けで呼ばれた松沢も、元郎と同じ年頃なのだろう。

「宇高さんは観念論なのですか」と蓬髪の鈴木が単刀直入に斬り込んできた。

「いや、ぼくには観念論も唯物論もないですよ。哲学以前のアホダラ経です」

「でも、阿呆陀羅経って」と旅烏の渡辺が口を挟んだ。「江戸中期の乞食坊主が唱えた時事諷刺の滑稽な俗謡でしょう。現実批判の立場ですよ」

意外な伏兵に会って元郎は参った。元郎は何も知らずに、アホダラ経を阿呆の出鱈目話としか考えていなかったから。で、真面目になって言い直した。

「阿呆陀羅経でなくてアフォリズムです。体系的な論理、構築された観念には歯が立たず、拾い読みした部分を箴言として覚えるだけです。いわば哲屑拾いです」

「それでも何か一冊ぐらいは読んだでしょう」と鈴木が言った。

「ええ、一冊だけ」と元郎は答えた。「カントの『純粋理性批判』を頑張って読み通しました。

が、真面目に読んだけど何も分らず、ただ『ディング・アン・ズィッヒ』、物自体という言葉だけ覚えました。箴言でさえなく一語です」

気が付いてみると鈴木の背後に、小林と田中が立って耳を傾けている。小林はくりくり坊主の幼な顔、田中は大きな口を引き締めて……。鈴木は思案げに考え込んでいた。代ってくりくり坊主の小林が幼な顔で言った。

「ハイデッガーですか、サルトルですか」

曇りのない声で言われて元郎は何だか気恥かしく、無性に腹も立った。ハイデッガーの「存在と時間」は読みかけてお手上げ、サルトルの「存在と無」は一ページで降参した。どちらにも白旗を上げているのだから、どちら寄りはない。いつだって取り込むのは片言隻句だけだ。アフォリズムはアクセサリー、身につけても貧しさに変りはないのに……

終戦直前、元郎は兵隊に取られ、教育期間だから戦場には出ず、敗戦で無条件降伏。捕虜をしばらくやって脱走、家族の許に逃げ込んだが、家を接収されて立退き、異国で棄民の二冬を過して引揚げ。辿り着いた見知らぬ祖国の見知らぬ郷里は日本人の顔ばかり。身の危険も酷寒もなく、食べる物と寝るところが得られて日々の安堵。辛うじて取り止めた命を幸運と思う一方、幾多の危機を偶然に拾われた命は何と軽いものに思われたことか。試みに手にしたデカルトもニーチェも役には立たず、体験が教えてくれたのは、食べることの難しさと生きることの恥しさだけだった。

元郎はもうどうでもいいような気分になって小林に問い返した。

「どっちならいいんです」

元郎の少し悪意のこもった言い方に、くりくり坊主の小林もさすがにたじろいだが、習い覚えた言葉で率直に言った。

「いや、どっちがいい悪いじゃなくて、同じ実存主義でも、サルトルの方が共産主義に協調的だと聞いたから……」

その素朴な言い方に元郎は思わず笑いながら、穏やかな声に戻って言った。

「ああ、そうでした。協調的とか補完的とか言っていましたね」

小林が話を続けようとするのを鈴木が制して、本来の意図に話を戻すように言った。

「哲研P号室の、といっても今のところ四人ですが、エンゲルスの『空想より科学へ』を輪講でやろうと思っています。きみも一緒にやりませんか」

真面目に誘ってもらって元郎はありがたいと思ったが、とりあえずは断った。

「ぼくは五年間学ぶことから離れていて、今は何も考えられません。特に学問的なこと、持続して蓄積すること、将来のためになることはしばらく避けたいと思っています。やけになっているのではありません。心が浮いているのです。だから今は、小さいことでも、刹那的にでも、自分の気持が本気に動いたとき、損得を抜きにして燃えようと思います。今は自分が乱雑になっている、その在りかを整理し、気持が洗えたら、かすかでも一本の道を捜すために、きみたちの勉強に加えてもらいます。そのときはよろしく……」

四人は神妙になって黙ってうなずいた。

二

宇高元郎は藤平耿介を病院に訪ねた。その妻初子から小さな包みをことづかっていた。初子は二人の幼い子供を抱えて岡山の戦災者寮に住み、元郎の家族も同じ寮にいた。元郎は耿介には受験で上京したとき会っていたから初見ではなかった。それに、耿介を看取っている真子とも会っていた。

初子は真子が耿介の傍にいることを知っていた。病人の身につけるもの、口に入れるもの、すべて真子を通して承知の上で託するのである。初子は口には出さず、顔にも見せなかったが、辛いには相違なく、元郎は無益に気を遣った。

真子の方は元郎より一つ年下で、顔立ちがちょっとキャサリン・ヘップバーンに似ていたが、東京は下町育ち、気さくに明るく振舞っているように見えた。肺を病む男を中に挾んで女が二人、それぞれに素顔は優しくて、元郎は片寄りはならず、公平というのもおかしく、ただ無神経をよそおうことにした。

阿佐ケ谷の駅を降りると、駅前から木造二階建の病院が見えた。戦前に建てられた古い建物だが、幸い空襲の業火からまぬがれていた。駅前の通りは古本屋もラーメン屋も喫茶店もみなバラックだった。突き当ったところで右に曲ろうとして、ふと女の声を聞いた。「下さいな」と言って女が果物屋の前に立っていた。後ろ姿の真子だった。

何となく声をかけそびれて、元郎は通りの角に立ったまま真子が振り返るのを待った。暑い日射しなので角帽をかぶっていた。真子が枇杷を古新聞に包んでもらって振り返った。

「あら、宇高さん、とうとう大学生ね。これから病院へ？ あの人今は眠ってるわよ。ね、おそばでも食べよう。特一番って店、おいしいのよ」

元郎は年下の女に弟のように扱われ、それでも悪い気はせず、岡山の初子に何だか裏切りをしているように思いながら、真子と並んで歩いた。

特一番は評判の店なのか、カウンター一杯に十二、三人が食べていて、表の葭簀張りの蔭の裏に同じ数ぐらいの客が行列を作って待っていた。東京では駅の出札でも新聞を買うのでも並ぶ人が多かったが、食べ物の店で並ぶのは珍しかった。この様子ではかなり待たされるかと思ったが、客の回転が早く、程なく丼にありつけた。

目の前に置かれたものは、そばではなくラーメンだった。横目で真子を見ると、胡椒はかけずに酢を垂らしていた。ラーメンに酢は初めてだったが、東京ではそうするものかと思って、ためらわずに真似た。当然のようにうまかった。真子が金を払った。二人分で五十円だった。

真子と連れ立って病室へ行くと、耿介は起きて昼食の膳に向っているところだった。さっそくに茶が入り、耿介は箸を取った。真子が買ってきた枇杷を膳に添え、元郎の前にも小皿で置いた。真子の話を聞きながら、耿介の食事ははかどった。

昨年の暮に喀血してから半年、新薬のまだ高価なストレプトマイシンなどの効もあって、耿介は血痰も止まり、食欲も増してきたようだ。が、病院代を払い、妻子への仕送りをしながらの原稿書きは、再発の怖れにさいなまれての仕事だから、心身ともに楽ではないにちがいない。

耿介は膳を下げさせながら茶を飲み、真子の姿が見えないのを確かめて、蒲団の下からペルメルの袋を取り出し、一本火を付けた。

「大学の授業、面白いかね」と耿介は言った。

元郎も調子を合わせるように、ゴールデンバットを吹かしながら答えた。

「新学年の授業は一週間だけで、最初の授業は恒例によってほとんどの教授が休講。ぼくの方もあまり出席しないから、まだよく分りません」

真子が戻ってきて耿介の足許に坐りながら口を挾んだ。

「先生も学生も授業に出ない学校って珍しいわね。面白くも何ともないじゃないの」

「いえ、授業の口開けで興味が持てたのが三つありました」

「たとえば、どんな?」と真子が膝を進める具合で元郎を促した。

「一人は比較文学の教授、一年かかって夏目漱石の『文学論』を講義するというのですが、授業の始まりはかならず教壇から降り、教卓の横に立って、腕時計をはずして手に持ち、時計を見ながら第一声は『かの漱石夏目金之助氏は……』と、講談調で始まります。中身は聞いていないが、その口調が楽しみです」

「それから?」

「フランス文学の教授がサービスで、ヴェルレーヌの『秋の歌』をフランス語で、短いものですが、きれいな声で朗誦して聞かせてくれました。それがいい声で、特に*e*の音がきれいで、詩の音楽性という意味がよく分りました。上田敏の訳も永井荷風の訳も、日本語ですから*e*の音は入りませんが、心はよく伝えていると改めて思いました」

「それから?」

「日本近代文学の講師が自然主義文学研究をやるというので、その皮切りに国木田独歩の話、特にその出生の秘密を話してくれました。秘密といっても両親はほぼはっきりしていて、父専八は竜野の脇坂藩の武士、任務で船に乗っていたのですが銚子沖で難破、一命を取り止めて銚子の吉野屋という旅館に静養中、手伝いに来ていた母まんと意を通じ独歩(幼名亀吉)が生れたといいます。明治四年のことです」

「ああ、独歩ね」と一息吐いたように真子は言った。「『牛肉と馬鈴薯』とか、それから『武蔵野』ね。そうだ、三鷹駅の北口に独歩の碑があるそうよ」

「じゃ、そのうち行ってみます」と元郎は話の区切りをつけるように言った。

それまで黙って考えごとをしていたらしい耿介が、元郎の顔を正面に見て言った。

「大学の方やっていけるのか」

「はい、いいえ、奨学金で何とか」

大日本育英会の育英資金は貧乏な学生に月額千八百円を貸与するとなっている。それに、元郎は授業料を免除してもらうつもりでいるが、書籍、学用品を一切買わず、着るものはあるものですませるとしても、毎日食べないわけにはゆかない。寮の食堂で食べると一日百円でまかなえる。つまり月に十八日は安全だが、あとの十二、三日は稼がねばならない。戦後五年目、復興の動きは少しずつ始まっているが、家庭教師はおろか、学生の需要に応える仕事はまだない。

「奨学金だけじゃとても足りないでしょう」と真子が言った。

「ええ、でも、たまに映画のエキストラをやります。先日は水島道太郎主演のボクシング物語。ぼくらは観客席に坐っていて、助監督らしきものが腕を回すと、みんなで熱狂的に叫び、手をたたく仕組、一日二百円です」

「それじゃあね。毎日あるわけでもないでしょうし……」と真子は言って耿介の方に向いた。

「あなた少し助《す》けてあげたら？」

「今考えていたところなんだが」と耿介はまた一本ペルメルをくわえた。「街娼のことを書こうと思っているんだが、何しろ動けないんでね。新宿にでも行って調べて来てくれないか。経費込みで二千円出すよ」

「ガイショウ？」

「ストリート・ガールのこと。パンパンといっても盛り場ばかりじゃなくて、小さなガード下辺りに黙って立つ女がいる。子供を抱えた戦争未亡人などもそのなかにいて、目立たぬ様子で立っているらしい。その辺のことを探ってみてくれ。社会的な問題なんだよ」

「承知しました」と元郎は答えた。

耿介の望みどおりに調べられる自信はなかったけれど、とにかく二千円が嬉しかった。


耿介が書くという小説が、雑誌の締め切りまで半月ほどしかないというので、元郎はさっそくその翌日、新宿へ出かけた。その辺りの見当は真子から聞いた。新宿駅からほど近い武蔵野館という映画館、その通りを越えた一帯に屋台を並べた飲み屋街があり、その一軒に真子は「マコの店」を開いていた。

武蔵野館の前を通り過ぎるとムーラン・ルージュがあり、それを過ぎると果して小さなガード下があった。人通りはまばらで、それと分る派手な衣裳の女たちはいなかった。当てがはずれたと行きかけたところに、目立たぬ身なりの女が立っていた。

草色のワンピースを着た小柄な女で、籐の手提げ篭を持っていた。年の頃は三十過ぎか、夕食のための買物に出かけてきたという恰好だ。踵を返して元郎は引き返そうとした。女が一歩近づいて声をかけた。

「学生さん?」

元郎は白のワイシャツの袖を返した姿で黒ズボン、角帽はかぶっていなかった。

「遊ぶんでしょ」と女はかすれた声で言った。

元郎が黙っていると、女はかすれた声のままで突っかかるように言った。

「お金は持ってるの?」

「持ってる」と元郎は思わず返事をした。

「五百円と宿代百円、ある?」

「ある」

「じゃ、ついていらっしゃい」

女が歩き出したので、引きずられるように元郎は女の後について行った。

宿は簡易旅館、というより簡易建築の下宿屋ふうの家で、廊下の両側にベニヤ板の各室が並んでいた。中は三畳ほどの板敷に薄べり一枚、重ねた蒲団の上に枕が二つ。ほかには何もない。約束の金を払って元郎はさっそく質問を始めた。夫は戦死したのか、子供はいるのか、戦災に遭ったのか、どこから流れてきたのか、いつからこういう商売を始めたのか、嫌な思いもするだろう、日々の暮しも楽ではないだろう。

女は一言も答えず、黙って裸になった。草色のワンピースを脱ぐと、ただの女だった。買物行きの若い主婦の姿は消えた。それからただの娼婦になった。元郎のあやふやな抵抗を逸らし、女は元郎の下半身を裸にして蒲団の上に足がらみで倒した。元郎が起き上ろうとする上に体を乗せ「じっとしてて」と言い、指で一もみして天を向かせ、黄色い風船をかぶせた。巧みに導かれて抗いもならず、元郎は黄色い風船のなかで身悶えし、事立て、絶句した。女は優しくその胸に元郎を抱き寄せ、耳許に息をそよがせた。女の息遣いにはみじんの乱れもなかった。元郎はたわいなくなって女の腕に身を任せていた。

元郎は女の体を知らないわけではなかった。二十歳になったとき、自分で決めて一人で、遊廓へ出かけた。珍しさはあったが、喜びはなかった。金であがなわれたものには、興奮の収縮痙攣しかなかった。その後折に触れて出かけ、娼婦を代えて試みたが、いつも欲望の孤独な排出で終った。

ところがこの日の娼婦、取り立てていうほどのものでもない三十女に、元郎は手もなく踊らされたのだ。元郎の方に他意があって油断があったのか。草色のワンピースに気を許したのか。身を伸び縮みさせられて、一方的に事果てた。孤独でありながら微足感があった。何だろう、これは。問いには答えてもらえなかったのに……。

ふと、ベニヤ板一枚隔っただけの隣の部屋で低い女の声が始まった。男心をそそるように続き、一瞬跡絶えたあと、急転して切なげに高まり、辺りかまわず叫んだ。が、すぐ女は普通の声で「終った？」と聞いた。男の声ははっきりしなかったが、女はまた同じリフレインの、呟きから絶頂までの声を続けた。

やがて男と女は部屋を去った。隣の部屋が静かになると、元郎の女は腕を解いて立ち上り、草色の女に戻った。

「学生さん、もう二度と来るんじゃないよ」と女は元郎が服装を整えるのを待ちながら言った。「あんたは社会勉強のつもりだろうが、いろいろ聞かれても、あたしには答えられないし、答える気もない。他人の人生をのぞこうとするのは悪い癖よ。ただ一つだけ教えて上げる。さっき隣の部屋で女の人がすごい声を上げてたでしょう。あれは演技。早くお仕舞いにしてもらわないと体が持たないからね」

宿を出てから連れ立ってガード下に戻り、女はそこで別れを告げ、近くの石段を上って消えていった。ガード下に残されて元郎はしばらくぼんやり立っていたが、別の女が寄って来る気配はなく、このままでは耿介に渡すレポートは書けそうにないと思ったが、とにかく帰ることにした。

途中文房具屋で大学ノートを買い、電車に乗って寮に戻った。腹が減っていたのでまっすぐ食堂に行き、夕食の時間に間に合った。十五円出して鯨肉入りのカレーライスを食べた。哲研P号室に戻ったが室内にはだれもおらず、元郎はベッドに横になった。元郎は順序立てて草色のワンピースを思い浮べたが、それはすぐ裸体に変り、そのうち黄色い風船が宙に浮び、やがて眠りに落ち入った。

目が覚めると顔の上は暗かったが、部屋のあちらこちらに電気スタンドが点っているらしく、本の衝立や書積みの上に、シェードを透過し洩れた明りが、ぼんやりと闇を薄めていた。ほの明るさのなかを薄い煙が横切り、ペンを走らせる音がした。

元郎は体を起して足を垂らし、ベッドに腰かけて明りを点し、新しい大学ノートを机の上に置いた。万年筆を右手に、煙草を左手にして構えた。が、書くことがなかった。まさか自分の風船踊りを書くわけにはゆかないだろう。

仕方がないので、まずガード下の位置を、新宿駅を起点にして地図で書いた。女の説明は草色のワンピース、三十過ぎ、籐の手篭、夕食の支度らしい買物の風情、とした。それが客を引く手か、それとも実際に買物の途次なのか、真相は分らない、と書き添えた。

女に金を払って馴染みの宿に連れて行ってもらった。むろん安宿だが、家のなかの造りはすべてベニヤ板、廊下を挟んで三畳の居室が並び、部屋の中には姫鏡台一つない。蒲団一組と枕が二つ。男女の営みに、経済的、合理的に支度されている。(宿の玄関、廊下、部屋の図参照)

そこで元郎は困った。女から話が聞けなかったので、女の事情は分らない、とは書けない。耿介が知りたいのは、終戦の前後にまたがる女の運命、出征した夫、子供を抱えて空襲に遭い、小さな伝を頼って逃れ、さ迷い、住居と食物に窮して、背に腹はかえられず、一時しのぎに街角に立つうち、ついに素人娼婦になりおおせた、といった類の話だろう。

困ったあげくに元郎は話を作ることにした。小説に書けば、耿介は本物の作家だから、その嘘を見破るだろう。だから元郎は小説ではなく、カストリ雑誌にあるようなトルー・ストーリーを仕立てることにした。

明け方までかかって、大学ノートに十二ページ、二千円の値打ちがあるかどうかは分らないけれど、一世一代の大嘘をまことしやかに書いた。トルー・ストーリーらしく見せるために、細かい描写、気の利いた形容は省き、常套句と流行語を入れて、もっぱら事実と事件だけの筋立にした。

次の日、元郎はそのノートを耿介の許に届けた。


七月十四日の約束通り、元郎は松沢と映画「パリ祭」を観に行った。松沢は道々、何も知らない元郎のために、簡単な予備知識を与えてくれた。それによると、「パリ祭」は邦訳であって、ルネ・クレールの原題は「カトルズ・ジュイエ（七月十四日）」、フランス革命記念日、共和祭の意である、という。一七八九年七月十四日、パリの市民がバスチーユの監獄を襲って、国事犯を解放し、王制を倒して共和制の端初を開いた、と元郎もあやふやながら聞き覚えていた。

「カトルズ・ジュイエ」は一九三三年の作。共和祭を背景に、モンマルトルを舞台に、花売娘とタクシー運転手の雨の日の出会いと別れ、そして再会を描いたものだという。

元郎は松沢に連れ添うように従い、広い新宿通りの歩道を右手に中村屋、三越を見ながら歩き、新宿三丁目の交差点で左に伊勢丹、右に日活の大きな建物を仰いで止った。日活の建物の端に階段があり、その横の窓口で松沢が学割三十円の切符を二枚買い、昇って行った。

階段を何回か昇り、足がくたびれたところに小さな映画館があった。中に入ったが、七月十四日の「パリ祭」なので満員、座席はもちろん、その両側、後ろ、通路まで一杯の人だった。元郎も松沢も背は低いので、人の後ろに立つと、前の人の頭が邪魔で見えない。元郎は頭と頭の間に顔をのぞかせ、背伸びする按配で観るのだが、しばらくして前の頭が移動すると、元郎も新しい隙間を見つけなければならない。そんな具合でも、諦めて去るものはおらず、元郎と松沢も、頭も足も差し替えながら終りまで観た。

映画が終って館内が明るくなり、人々は隙間もなくそろそろと動き出した。人込みのなかに紛れて元郎と松沢は離ればなれになり、列の動きに従って歩くのだった。階段も狭いから人込みはゆっくりと降り、一人だけ急ぐことはできなかった。松沢の姿は見えなかった。元郎は一段ずつ降りながら、重い疲労と軽い感動が身内で行き交うのを感じた。

階段を降りきり、地上に群がっている人々のなかに松沢は待っていた。群のなかを二人抜け出し、新宿駅の方に歩いた。元郎は胸は満ちているのに、胃袋だけが押しつぶされているように感じた。松沢は何か話したくてたまらない様子だったが、無理に抑えて黙っていた。

「腹が減った」と元郎は言った。

「じゃ、中村屋でカレーライスを食べよう」

「ぼくが奢るよ。アルバイト料が入ったから」

「いいのかな」

「映画代も出してもらっているし」

「映画代は三十円だけど、カレーは五十円だよ。何しろ相馬黒光夫妻、ボース直伝のカレーだというからね」

「相馬黒光は『黙移』の著者、旧姓星良子だろう？」

「そうなのか」

「国木田独歩の恋女房が佐々城信子、星良子と従姉妹同士」

「詳しいな」

「独歩のことだけ」

元郎と松沢は中村屋に入ってカレーライスを食べた。頬っぺたが落ちるほどうまかったが、元郎はいつでも空腹で、何を食べても唾液腺を急に刺激されるので、好悪の区別がつかない。

「うまいだろう」と松沢が言うので、元郎は直ちに同調する。しばらくは二人黙々と食べる。

食べ終って満足し、元郎はゴールデン・バットを、松沢は新生を吸う。ともに大衆煙草だが、バットは戦前からのもの、新生は戦後の新製品、同じ二十本入りでバットは三十円、新生は四十円。味に大して違いはないが、バットは細身ですぐに燃え尽きる。

「映画、どうだった？」と松沢が聞いてきた。

元郎はバットをもみ消して横を向き、考える姿勢になった。感想を聞かれるとは予想していたが、その準備はなかった。改めて考えてみても、「パリ祭」には重く問いかけてくるものがなかった。ただパリの裏町、アパルトマンに住む人たちの老若男女、人生を探求するというより、隣人への好奇心や嫉妬、そして善意。それらを軽い機知とユーモアと抒情で包んでいる。若い運転手ジャンと花売娘アンナは宵祭の踊りに、不意に訪れた雨を避けてアパルトマンの玄関口で会う。バック・ミュージックの文句のように、「男は微笑みを投げ、女は何も言わずに愛した。唇が結ばれて信じ合う心、終りのない希望のよう」となるのだが、些細な行き違いから別れ、再びの雨の日に再会する。

「つまらなかったかね」と松沢は言った。

「そんなことはない。甲下ぐらいだ」

「減点対象は？」

「戦争のないこと」

「そんなこと言ったって一次、二次の大戦の谷間、一九三三年の作だもの、無理だよ。それでもこだわるのか」

「ぼくらには四年前まで戦争があり、原爆まで落とされた」

松沢は沈黙した。気持を和げて元郎は「パリ祭」に戻り、松沢に言った。

「向い合ってアパルトマンは四階建か五階建か。その間を敷石道が緩やかに上り、その先に石の階段、その真中に鉄の手摺。子供たちは手摺に跨り、腰で滑り下り遊ぶ。幼い一人の子供が敷石道でアンナとぶつかって転ぶ。行き過ぎたアンナが振り返って、子供が脚を抱えて泣いているのを見る。アンナはすぐに子供の許へ取って返し、抱き上げて道端に戻り、子供に傷がないかを確かめ、異状なしと分ればチチンプイプイ、その胸に子供を抱きしめる。見上げれば青い空」

「その場面はたしかにあったが」と松沢は、だが大したところじゃないだろうと不服そうに言った。「それで、空がどうした」

「子供が大きくなってその町を離れ、どこか遠いところで働き、子供を持って親になるかも知れない」

「それで？　辛いときにはその場面を思い出して、自ら慰めるというわけか」

「そう、それが故郷というものだろう」

「何だかセンチメンタルだぞ。帰るところにあるまじやという詩人もいる」

「それはな」と元郎は少し強い口調になって言った。「帰る故郷があって反発しているだけだ。故郷がなくなったらどうする」

「何が言いたい。湖底に沈む小河内村のたぐいか」

元郎は答えず、手を上げてウエイトレスを呼び、「コーヒー二つ」と言った。コーヒーを待ちながら元郎は松沢に言った。

「ぼくは大連で育った。冬は北風が強く、気温は零下十五度ぐらいまで下った。それでも氷が張ると、スケートで楽しんだ。初夏には街路樹のアカシアが白い房のような花と甘い香りを撒き、道路を馬車が走り、ときには羊の群が道一杯に拡がった。夏には川でヤンマを捕り、背の低い禿山の小松や草蔭でキリギリスを捕えた。日の光に汗ばんだ肌に微風が通り、振返った町の家々は赤い屋根、青い屋根を並べ、お伽の国のようだった」

コーヒーが運ばれてきて、元郎と松沢はともに角砂糖を二つ入れて飲んだ。さすがに元郎も松沢の前では、特製ミルクセーキを作らなかった。

「中学生になると」と元郎は話を続けた。「旧満洲の、大連を含む関東州が中国からの租借地であることを知った。が、五族協和と言われ、日本がその盟主であると聞かされていたから、その美しい町を深く考えもせずに、自分たちの揺籃と思い込んでいた。それが敗戦で事情が一変した。異郷の地と化した大連で、祖国に見捨てられた日本人は身の安全を失い、食に乏しく、その一方で貧しい戦勝国の中国人がその地を故郷とする権利を取り返した。ぼくらが幾多の思い出や懐情を未練に追うのは自然であるとしても、それはすでに政治的にも条理的にも他郷であるほかはない。棄民としての二冬の生活は苛酷であったから、父や母が引揚げを待つのは彼らの故郷への帰参の願いで当然としても、祖国を知らないぼくらには故郷喪失、未知への追放、偽りと知った故郷に未練を残しながら。そして今、仮初の故郷も海の彼方、懐郷の思いを謝すすべもない」

松沢は黙ってコーヒーを飲んでいた。元郎も一息吐いてコーヒーを飲み、煙草を吸った。松沢は不機嫌そうに言った。

「何が言いたい。偽りの故郷、失った故郷、それがどうした。まるで去って行った女への未練のようじゃないか。故郷が何で要る。もし必要とあればまた新しく作るさ。それが偽りならばきみが真にすればいい。泣くな、ほざくな、希望を持つな」

元郎ははっとして普段の自分に戻った。苦悩や弱さを売物にするのは、一番嫌いなはずだったのに。日頃、失郷の思いは折に触れ、よみがえらせていた。が、大方はそのことで悩むより、他のままならぬ苛立ちをそれにかこつけていたにすぎない。だから、それを他人に語ることもほとんどなかった。

それが松沢という新しい友を得て、「パリ祭」を一緒に観に行き、酒もないのに酔ったのだろう。自分でも情ないことに、思いは誇大され、言葉を飾ってしまった。だから、率直に告げて、元郎の浮かれ心を冷ましてくれた松沢の言はありがたかった。

が、ありがたいのと恥かしいのとで、素直に「ありがとう」とは言えなかった。で、低い声で「メルスィー・ボークー」と呟いた。すると松沢は真面目に「ス、ネ、パ、ビアン」と答えた。元郎はよくは分らなかったが、何でもないさ、ぐらいの意味だろうと思った。

三

藤平耿介のところへ行ったら、元郎が渡していた大学ノートを返して、もう一つ調べてくれと言われた。

「街娼の話、役に立ちましたか」と元郎は聞いた。

「ああ」と耿介は言い、元郎の問いには答えないで、「帰省する前に、もう一つやってくれないか」と頼んだ。

「ええ、いいですよ。だけど、今度は何を調べるのですか」

「結核療養所の話。戦時と戦後の違い。歴史。それから建物、療養者の暮らし、服装、給食と治療など。資料が見つかったら、それを付けて。資料代は別に出す」

「今度も急ぎますか」

「それが急ぐんだ」

元郎は承知した。前回の例で耿介は、耿介に限らず、作家というものは締め切りに追われて書くものらしいと分ったからだ。

そこで、翌日さっそく東京地図をたよりに、都内のN療養所を訪ねた。池袋で乗り換えて私鉄の武蔵野線江古田駅で降りた。駅前で人に尋ねると、N療養所はバスで行けば二つ目か三つ目の停留所、歩いても二十分ぐらいで行けるだろう、といわれた。

元郎は金はないけれども暇はあったから歩いた。歩いてもわけはなかった。受付で、「親戚のものが入院したいというので手続き、費用その他院内の様子を知りたい」と言うと、親切に教えてくれて「入所希望書」を渡してくれた。暢気なところで、勝手に見て回ってよいというので、元郎が廊下を行くのに靴を脱ごうとすると、「そのままで」と勧められた。

まず幹線廊下が二本縦に通っていて、壁はなく柱だけ。二間の板が張ってあり、通りもいいし見晴しもいい。白衣の看護婦が通り、男の患者も女の患者も通る。七月中旬の暑さだから、男はステテコにランニング、女はアッパッパー、肩の上り下りや胸の凹みがなければ患者とは分らない。

元郎はだんだん大胆になって横の渡り廊下を行き、病室の前を通って中の様子をうかがう。大部屋は六人または八人で、ベッドは木のベッドで頭のところに棚が付いて、雑然と物が置かれ、積み重ねられている。ラジオを持っているものは少なく、半分ぐらいの人が寝たまま書見器で読書している。

一棟が大小の部屋を合わせて十室ぐらい、それが全棟では二十棟近くある。珍しいのは廊下を出外れた土の上に七厘を置き、鍋をかけたり魚を焼いたりしているものがいる。少し離れた地面は耕されて、青菜やきゅうり、トマトなどもある。外れの垣根に沿って金網で囲い、鶏を飼っている気配もある。

食糧難の時代、どの病院の給食もまずしく、患者は無理にならぬ範囲で働いて、自分の食事を補わなければならないのだ。元郎は鶏小屋の前でしゃがんでいた人に、思いきって話しかけた。その人は気楽に答えてくれた。

「あなたの親戚の人には気の毒だが、家で療養していて入院を待っている人が多く、一年は待たされるということらしい。アメリカでは新薬ができ、一般にも普及されはじめているらしいが、日本に輸入されるとストレプトマイシンとかパスとかにしろ、高価で手が出せない。結核予防法があるにはあっても役に立たず、この一、二年のうちに改正されて、健康保険でも生活保護でも適用されるようになるらしい。それを首を長くしてみんな待っている」

元郎は丁寧に礼を言って去った。わずかな時間で何ほどのことを見たわけでもなく、知ったわけでもなかったが、元郎は知らないことなりに自分の腹に重いものを飲み込んだ感じになった。療養所の地図、建物の配置、室内の様子はもちろんだが、図示するほかに、元郎は見て聞いて感じたことをありのままに、耿介に伝えようと思った。トルー・ストーリーも小説も必要ないと思った。

その日は寮に帰ってから夕食をすませ、風呂には入らずに机に向った。前回とは違って、モチーフがあったから、まっすぐ自分に向って書いた。

翌日普通に起きて顔は洗わず、二円の朝食（ご飯と味噌汁とたくあん二切れだけ）をすませて、ボストンバッグに汚れた下着類を詰め、大学ノートを納めて部屋を出た。先に藤平耿介にノートを渡し、東京駅に出て家へ帰るつもりだった。だから、学帽はかぶっていた。

阿佐ヶ谷の駅前で、少し時間は早いが特一番のラーメンを食べた。元郎の胃はいいかげんになっていて、食事を抜いても平気、重ねても平気だった。病室に着くと耿介も真子も起きていた。真子は新宿の屋台店で商売し、午前一時頃の中央線終電車で病院に帰り、それから寝るのだから、朝起きるのは辛いにちがいなかった。

元郎は大学ノートを耿介に渡した。

「ああ、どうも」と言って耿介はページを開きもせずに枕許へ置いた。

真子が大き目の封筒に包んだものを掌に乗せ、元郎に突き出した。

「お使い立てするようだけど、お金なの、初子さんに渡して」

何となくまずいなと思ったけど、元郎は「はい」と受け合った。

「この中に入れておくわね」と言って真子はボストンバッグを開けかけた。

「あ、それはまずい」

元郎の制止は間に合わず、バッグが開かれ、汚れ物がはみだした。

「わあ、汚ない」と耿介が顔をそむけて言った。

「宇高さん、パンツ一枚しかないの」と真子がずけずけと言った。

「三枚あります」

「だったら、順に一、二、三とはけばいいじゃないの」

「ええ、ですから一、二、三とはいて、終ると、汚れの比較的ましなのを一、二、三」

「まあ」と呆れて、真子は汚れ物だけ新聞紙にくるみ、ほかのものと分けてボストンバッグに入れ、その隅に封筒を押し込んだ。

「小物ぐらい自分で洗いなさいよ」

「はい、これからは心を入れかえて……」

元郎はほうほうの態で逃げ出したが、時計を見るとまだ時間が早すぎた。受験のときには岡山・東京間の急行に乗ったが、今度は学割で乗れるので普通列車で行くことにしていた。急行だと、急行券が四百円、乗車券が八百円。急行には学割が使えないから、普通に乗ると急行の三分の一ですんだ。ただし、乗り継ぎはできるが、岡山まで直行するのは一本だけ、東京発下関行しかなかった。東京を午後一時頃出て、岡山まで十九時間かかった。普通列車の始発には充分の座席があったが、十九時間坐るとなると、立ち通しの辛さとは別の坐り通しの辛さがあった。

さて、余分の時間ができたがどうするか、喫茶店に入って時間つぶしをするのも芸がないしと思って、はてどうしようと思いあぐねているうちに、そうだ、あそこへ行ってみようと思いついた。三鷹の国木田独歩碑を見ておこうというのである。

幸いに三鷹の駅まで中央線で一本、三鷹から東京駅へ出るのも一本である。

三鷹の北口改札を出てすぐ右隣がポリ・ボックス、尋ねようとした目の前に独歩碑が見えた。駅構内の黒い柵と細い道を隔て、十数本の木に守られた小さな空間、その中央に人間の肩の高さぐらいの自然石がどっしりと置かれている。傍に寄って見ると、武者小路実篤の筆跡で「山林に自由存す」とあった。その右肩に彫り込まれた独歩の顔は佐土哲二作とのこと。

碑石に体をもたせかけて駅前を見やると、駅からまっすぐ北に向う広い道。両側の並木は欅の遠近法。褐色の幹、蓬髪の青葉、梢遥かに白い雲が流れる。点在する家々に人影はなく、遠い水車、牛の声。晴れた空の下に、「真に寂しいぞ」とは誰の声。茫漠とした風景のなかに、なお青春の呼び声。武蔵野は夏の盛りなのに、若い命の寂寥と憧憬はそよ風を渡る。

恋女房は永遠の愛を誓って去ったが、季節毎に色合と声を変える武蔵野は詩趣を忘れることはない。人生は茫々、愛のリリシズムと風景のリアリズム。独歩に故郷はなかった。父母を慕いながら土着を知らず、キリスト教を理想としながら、終生の漂泊者であった。

元郎は東京駅に向い、普通列車に乗って故郷へ立った。

四

郷里の家で両親は健在だったが、弟の丈郎はよそに働きに出ておらず、妹の草代は中学三年生になっていた。元郎は汚れ物のみやげのほか、角帽一つ頭に乗せて帰ってきていた。

母の浦乃と草代の二人が、角帽を珍しいもののように見た。その二人を見て元郎は、いろいろ迷ったけれど、やはり角帽を買ってよかったと思った。

それについては同級生の一人から、「何で今さら角帽だ」と批難されていたからだ。彼は、角帽は見栄とエリート意識のアナクロニズム、その産物だと言った。そう言えば、新制大学になってから学生が学帽をかぶらなくなってきていた。お仕着せを嫌悪する民主主義の風潮とはいえるが、一方では太平洋を渡ってくるアメリカ化にすぎないのではないか。

元郎が角帽を買ったとき八百円した。東京・岡山間の乗車賃と同じだ。それを高いと思いながらも買ったのには、曖昧ないくつかの理由があった。一つには元郎が、未だに自分を大学生と思えないので、角帽を頭に乗せて絶えず意識させるためだった。それも所詮は、何を学ぶかが分らなかったためだろう。

もう一つには、引揚げてから二年半、寝ることと食べること以外に何の楽しみもない家族の暮しに、ぼんぼりほどの明りを見せてやろうという気になったこと。が、ひょっとしたらそれも、家族の顔色の反照で、学ぶ人としての自分の立場を知るためだったかも知れない。

父の市郎は五十三歳、母校の旧岡山師範、新制の岡山大学教育学部で事務を取っている。元郎の顔を見ても「元気か」と言うだけで、学生生活の様子など聞こうとせず、息子の角帽のことなど眼中にない様子だ。めったに口を利かないが、たまに説教をするときには、彼流の三無の教を説く。無理をするな、無茶をするな、無駄をするな、である。生活と健康の合理主義者なのだ。だから、酒も飲まず、煙草も吸わない。が、息子は破戒の常習犯だ。無理をしなければ生きている気がしないという。けれども父を尊敬していた。真面目一方で、努力家でありながら一向にうだつが上らないからである。その影響か、元郎は何を学ぶかが決っていないくせに、金儲だけはすまいと決めていた。

翌日元郎は町に出て、小さな製材所に飛び込み、日給二百円で働くことに決めてきた。仕事はおもに材木の運搬、板になったものを運ぶだけの、重いけれども単純な作業だった。元郎は小柄で痩せていたから、製材所の所長や事務員、労働する若者の大方が、二、三日でへばるだろうと見ていた。学生に何ができるかと思っていたらしい。

元郎は角帽をかぶってはいたけれど、まだ学生にはなりきれず、むしろ、輜重二等兵として鍛えられた体力が残っていた。それに、金の必要があったから、容易には尻を割らなかった。まだ機械鋸の扱いは任せてもらえなかったが、木材の運搬で日に日に膝と肩が強くなった。木材を持ち運ぶ要領も分った。

働く若者も四、五人いたが、元郎の角帽を敬遠してか、彼らだけで固まって元郎を仲間に入れようとしなかった。仕方なく元郎は、中心になって仕事をしている四十歳ぐらいの男にへばりついていた。彼は岩田といったが、仕事はできるのに孤立している感じだった。口数も少なかった。

そのうちに、元郎は製材所の入口の上の内側の壁に赤旗が斜めに張られているのに気がついた。ある日元郎は思いきってあれは何かと聞いてみた。そっけなく岩田は答えた。

「赤旗じゃ」

「赤旗といいますと？」

「労働者の旗じゃがな」

「共産党ですか」

「前にいた先輩がわしを可愛がってくれてなあ。いろいろ教えてもろうたんじゃ。仕事のことも考え方も」

「その人、どうされたのですか」

「肺病で死んだ」

「旗はその形見ですか」

「そうじゃ。わしの目の黒いうちはあの旗は下ろさせん。社長が何というても。わしは党員じゃないが、ファンじゃからのう」

その後、岩田は語ろうとせず、若者に慕われることもなく、社長から追い出されることもなかった。彼は一刻者なのか、小さな製材所ではかけがえのない技術の持主なのか、形見と称する赤旗だけを守り続けていた。

仕事に馴れてくると、元郎は家に帰って夕食をすますと、旧工員寮の別棟に年頃の娘たちを見つけて遊びに行くようになった。若い心に浮かれて美人という評判の姉妹の部屋を毎晩のように訪ねた。元郎は惚れっぽい質で、それをあけっぴろげに顔や口に出すものだから、姉妹と親しく付き合ううち、遊び仲間の男たちから噂されるようになった。

ある日、旧工員寮の近くの原っぱで貧弱な夏祭が催された。小さな櫓を組んで提灯を張り、太鼓や歌なども出て賑やかになった。妹娘の方が元郎を呼びにきて、囁くような声で、部屋の中に今は姉一人、あなたが姉を好きなら、姉はあなたを好きなのだから、行って二人で思いのたけを話してきなさい、姉もその気で待っているから、と唆した。それから妹は若い男を四、五人連れて祭の場の方へ行ってしまった。

元郎にその気はなかったが、女が一人待っていると聞くと、ひょっとしたら本当に自分を好きなのかも知れないと自惚れ、ついそちらの方へ足が向いた。姉は一人で部屋にきちんと坐っていた。夕の光で姉のシルエットは美しく、身も心も捧げるように見えた。

元郎は傍へ寄ってその肩に手をかけ、引きつけた。姉の体が乱れ、元郎に向って傾いた。元郎はさらに女の肩を引き寄せ、顔を仰向かせた。唇を合せようとしたとき、姉は正確に言った。「後悔しますよ」と。

そのとたん、元郎ははっとして、なるほどその通りだと思った。分別を取り戻した唇は遥かに流れ、正しく元の座に帰った。「失礼しました」と元郎は言った。姉は居ずまいを正して黙っていた。元郎にも言うべき言葉はなかった。心のなかに先輩諸兄から言われていた言葉、「生娘を犯してはならぬ。欲情は遊廓で捨てろ」がよみがえり、危ういところだったと思った。

妹と男友だちはなかなか帰って来そうになかった。


別の日、詩人の谷戸民一を訪ねた。旧工員寮の、例の姉妹たちと同じ棟にいた。六畳一間に親子四人、ただし妻は目下入院中とのことで、谷戸が日雇いから帰ってきて、幼い二人の子供たちのために食事をさせ、入浴から帰ってきたところであった。

藤平耿介たちと戦後一緒に同人誌をやった仲間で、そこに谷戸は詩を発表していたという。いくらか注目されはじめていたらしいが、詩では金にはならなかった。

元郎は製材所からの帰り、途中の朝鮮人の家で一升百円のどぶろくを求め、持参した。子供たちにはカバヤ・キャラメルを一個ずつ渡した。

谷戸は子供を寝かせ、皿にきゅうりとトマトを乗せ、コップ二個、食塩と味噌を添えてちゃぶ台に用意した。さっそく一升びんを傾けてコップ二個になみなみと注ぎ、元郎を促してコップをかちんと合せた。ちびり、ちびり、ごくごくという飲み方で飲んで、一息吐いて谷戸は満足そうに言った。

「ごくらく、ごくらく、地獄、極楽」

「奥さんはどこがお悪いんですか」と元郎はためらいながら聞いた。

「お悪いのはお金。ろくなものを食わせないから肺が泣き出した。おっぱいのように肺が白くなって、蟻が食って穴だらけ」

「アメリカで新薬ができたとか」

「できたのはいいが滅法高くて、肺病になるのは貧乏人、治るのは金持。今では死亡率が減ったとはいうものの、それでも年に五万人は死ぬ。そのボーダー・ラインで弓子は浮き沈みしている。妻は病床に臥し児は飢えに叫ぶ。梅田スカンピンだ。藤平、どうしてる？」

　見ていると、谷戸の飲み方が早い。

「血が止って、原稿を書きはじめているようです」と元郎は言った。

「藤平は岡山の妻子へ生活費を送り、病む身を養わねばならぬ。鳴いて血をはく時鳥。おれの稼ぎは雀の涙。どっちが辛い？　健康で、人に優しく、真面目に詩を書いて、妻子は路頭に迷う。おれは何をした、どこで間違ったか」

　元郎は少ししか飲まなかったけれど、一升びんはすでに半分は消えていた。

「おれがどこかで間違えた、とおまえは言うのだな」

「いいえ、そんなことは言いません。ご自分で……」

「分った。おれは病む妻が不憫だ。妻を仕合せにするために、これからおれは、人生を汚く生きる。いいか、キタナクだ。シカタナクじゃない」

「はい」

元郎も少し酔っていたが、谷戸の酔い方は深かった。青く沈んだ顔で目が血走り、坐ったままで大きな肩が揺れていた。コップ酒をさらに流し込みながら、谷戸は歌うように言った。

「今日の日をもって、全国キタナククラブを結成する。仕合せになりたかったらキタナク生きねばならぬ。宇高くん、きみも入るか」

「はい、加入します」

「よろしい」と谷戸は満足そうにうなずいた。

「ところで宇高、女はどうだ」

谷戸のろれつが怪しくなってきたので、元郎は問の意味も分らず、いいかげんに返辞をした。

「女は尊敬しています」

「尊敬はいかん、冷たい感じで威張っている。ラブミー・テンダー、優しく愛してが一番だ」

元郎も酔っていたので、つい口が軽くなって近所の姉妹のこと、妹の奸計で姉の方と密会したことを話した。

「で、どうなった」

「女に後悔しますよと言われ、なるほどそうだと思い、接吻するのを止めました」

「馬鹿者！」と谷戸が怒鳴った。「そういうのが一番キタナイのだ。それではあまりにキタナすぎる。いくらキタナクラブでも節度は持たねばならん。大体がおまえはキタナクラブの趣旨を理解しておらん。キタナク生きるというのはセツナク生きるということだ」

元郎には谷戸の酔言の意味が分らなかったが、大事なことを教えられたような気になった。谷戸はふらふらと立ち上って二人の子供の傍により、黙って交互に寝顔を見つめていた。振り返って谷戸は元郎に言った。

「古語では愛をカナシと読ませるが、子供というものはカナシイものだ。妻の弓子だって、病んでいればカナシイ女だ。おれは詩を書いて何もできず、妻子をカナシと思うより能のない男だ。キタナクラブと言ったところで言うだけ、その才能はまるっきりなし。清く生きても汚く生きても、生きるということはままならないなあ」

元郎は酔った頭の芯で、谷戸が語っているのは人生や文学にかかわることらしい、その痛切な部分だと考え、そこへ引きずられてゆく自分を感じていた。

五

九月の半ばまで働いて二ヶ月で一万円の収入、母の浦乃には半分の五千円を食費として渡し、藤平への初子からの託かり物と、洗濯された下着類、半月ほどかけて書いた小説四十枚をボストン・バッグに詰め、元郎は学割で東京行の普通列車に乗った。夏休み明けの授業が始まるのは十日頃で、例によって一週間はおおむね休講と予想し、下旬に入ってから出発した。

東京は駒場の寮に帰った翌日の午後、元郎はさっそく託かり物を持って、藤平耿介の病室へ行った。耿介は寝床に仰向きながら考え事をしていた。真子はその足許に坐って編み物をしていた。託かり物を真子に渡しながら、元郎は耿介に言った。

「お宅ではみなさんお元気でした」

「ああ、どうも」と耿介は短く答えた。

耿介は二人の子供のことを案じているだろうから、元郎はもっと詳しく語らねばならないと思うのだが、真子を意識すると、初子と子供のことは何となく話しにくくなるのだ。

「谷戸さんがよろしくとのことでした」と元郎は言った。

「谷戸は元気だったかね。お弓さんの病気はどうなのか」

「入院も長引いているようで、谷戸さんが働きながら子供の面倒を見ているようです」

「大変だなあ」

しばらく沈黙が続いてから、元郎は意を決したように、だが後込みしながら言った。

「ぼく、小説を書いてみたんです。読んでみていただけませんか」

「え？　きみが書いたって？」

耿介は乗気になったように起き上った。何だかいそいそしているようだった。耿介はまだ二十七歳の新進作家、自分より若い人から小説を読んでみてくれと頼まれたのは初めてだろう。いってみれば、元郎が弟子の一号になるはずのものだ。それが耿介を少しばかり興奮させたのだろう。

耿介は元郎から原稿を受け取ると、胡座になってすぐ読みだした。元郎は他人の小説はいくらか読んでいるし、自分なりに良し悪しを判断してきた。が、自分の書いたものになると皆目見当が付かなかった。賞めてもらいたいという以前に、自分で小説というものを考えるきっかけが得たいというにすぎなかった。

耿介は熱心に読んでいた。彼の批評の言葉を聞く前に、その気配で何かを感じたい、と息を詰めて元郎は耿介を見ていた。一通り読み終った耿介は、何度か枚数を戻して正確を期しているように見えた。やがて耿介は原稿を返しながら、もう一度考えるようにしてから落ち着いて言った。

「きみ、評論を書いたら？」

え？　と言葉にならずに呟いて、予想外の言葉に慌てながらも、元郎は耿介の言葉の意味を考えた。「評論を書いたら？」というのは、評論を書けということではないだろう。端的に言えば、小説を書いても物にならないだろう、ということだ。小説を書いて自分を育ててゆく、その素質に欠けている、ということなのだろう。そう考えたら、初めの狼狽から元郎は脱していた。

「ありがとうございました」と言って、元郎は自分の原稿を丁寧に収めた。

文章がどうの、主題がどうのという段階ではなかった。改めて思い返してみると、その原稿の字の粗雑なことに気付いた。恥かしさが全身に溢れた。耿介の原稿は活字にするのがもったいないようなきれいな字だった。彼は万年筆を、軸の一番上を持って、その重みで滑らせてゆくように、一字一字マス目一杯に収めて丁寧に書いた。だから遅筆になるが、その速度が彼の思考を慎重に導くのだろう。

耿介の字、書き方を見ていながら、元郎は何も見ていなかったのだ。うまい字がいいのではなくて、自分が書こうとするものへの愛着が元郎には欠けていたと知った。それも、まだ文学をやる気になっていないのに、ちょっとお茶を濁しただけだったからだ。戯れに小説は書くまじ、である。帰り道で元郎は罪のない電信柱を力いっぱい蹴り上げた。

元郎はしばらく藤平耿介の病室へは行かなかった。授業が始まった以上、気まぐれにでも出なければならなかった。原稿は焼き捨て、後遺症は残っていなかった。原稿はまだ書く気でいたが、書くことの心構えはできておらず、知識や技術の習得はさておいて、身を削る思いができ、書くことを愛惜することができるようになって始めようと思った。

書くことの恥しさについては、恥を知る段階にまだないものの後込みは傲慢さの現れ、と自分に言い聞かせた。恥しいといって丸くなった芋虫、自己愛というものは捨てよう。あるものの未熟を露呈して、全身に恥を浴びて傷つくとしよう。我一人、ひねりつぶして何ごとのものか。

小説への心構えはゆっくり体得するとして、とりあえず目先の食費は稼がねばならなかった。映画のエキストラが二本、いずれも現場に一時間ないし二時間いて、労働はほとんどなしで二百円。それは学徒兵が出征するときの懊悩、幸いに帰還した学生の生き方を描いたものだったが、もう一つは伊豆肇や池部良らの戦後の青春物語。内容はないが、スケート・リンクの場面があるというので、元郎は大連帰りのスケートで参加、美人女優を眺めながらその回りを回って、滑って楽しんで一日三百円。ただしこれほどに恵まれたものは二度となかった。

学友に教えられて元郎は別のアルバイトを見つけた。恵比須の駅近くのビール工場に一日二百円の賃金で雇われた。欠点は朝から夕方まで働かされるので、授業には出られないことだ。が、元郎はあまり授業に出る気はなかったから、しばらくは働いてみようという気になったが、結局長続きしなかった。元郎は労働の辛さに三日で音を上げたのである。

初め元郎はビール工場の現場を見たとき、製材所の板のように重いものはなく、せいぜいがビール瓶ぐらいなもので、それなら高が知れていると思った。配置された職場を見て、その稼働のほとんどがオートメイションであると知った。ビール瓶が林立して円環の上を回ってくるのを、元郎は若い女子工員と並んで待っていればよかったのだ。ビールは出来立てと覚しく、温かで泡を上部に湛えていたが、一巡するうちにレッテルを貼られ、栓で封じられた。

元郎を挾んで、平面の円環運動をするベルトと向い合って、水車のように上下の円環運動をする冷却装置があった。元郎たちの仕事は、円周を走る製品を手で持ち上げて冷却装置に移すだけのこと、そこだけが機械化されていないからだった。片手でビール瓶を二本、両手で四本持って、からだの向きを変え、冷却装置の鳥篭のような入れ物のなかに納めればよかった。

威勢のいいのは初めの三十分ほどだけで、ビール瓶はすぐにその重さを如実に示しはじめ、元郎の腕と肩に見えない錘を乗せた。隣で自分より若い女子工員たちが、映画や洋服の話をしながら、こともなげにビール瓶を移動させるのを見て、自分はどうしてこんなに意気地がなくなったのだろう、と自分を恨めしく思った。

正午前になると、元郎は欲も得もなく、さらに意地もなく、ビールを片手に一本ずつ運ぶことにしたが、そうすると二本が残るわけで、押せおせのオートマティックに痛めつけられた。若い女子工員に助けてもらって、ともかくもその夕方まで頑張ったが、次の日の作業を思うとぞうっとした。

翌日、進まぬ足を無理に進めて、ビール会社の職場に入ったが、闘志どころか最初から恐怖に包まれていた。その日も、元郎より若い女子工員たちに助けられて、顔面蒼白、何の汗も出ないのに、もうだめだという声が喉まで出かかっていた。

小休止のときに、地べたに尻をつけながら、元郎は泣きそうな声で女子工員たちに言った。

「きみらは強いなあ」

「馴れよ。初めは辛いけれど、馴れたら何でもないのよ。むしろ単調さの方が辛い」

「馴れるかなあ」

「一週間もすれば馴れるわよ」

「え？　一週間も？」

その日もどうにか終鈴時までこぎつけて、打ちのめされた元郎の一日が終った。

三日目は係の人が箱詰の作業の方に回してくれたが、元郎は自分にがっかりして労働意欲を失っていた。係員も親切だし、女子工員も助けてくれたが、自恃を失い、逃げ腰になった人間には、傍からの手助けは何の役にも立たなかった。筋肉の一部と腰だけに過重がかかり、機械のオートマティックな支配に、疲労を復元する暇がなかった。それに、ビール瓶一本の重さを甘く見ていた。一本が四本になっても大したことではなかった。が、それが間を置かず、間断なく加算されるとなると、複利計算のように、部分にかかる重さは山に等しくなった。

一日の労働が終ったとき、元郎は係の人にこの仕事を止めたいと申し出た。係の人は何も言わずに、三日分の日給を支払ってくれた。工場の門を出るとき、元郎は振り返ってみたが、女子工員たちの姿はどこにもなかった。彼女らは昨日に変らず、おしゃべりをしながら軽々とビール瓶を運んでいるのだろう。

寮に帰りながら、元郎はすっかり打ちひしがれていた。まだ明るかったから人に顔を見られるのが嫌で、当てもなく歩き、小さな酒店でビールを一本買った。自由販売になったばかりのビールは一本百二十六円五十銭だった。片手でぶら下げて歩きながら、分刻みに加重されたこのビールに打ちのめされたのかと思った。焼跡の空地に腰かけて苦いビールを飲んだ。

あの十代の娘たちは何と軽々とビール瓶を持ったことか。二十三歳の元郎、小柄とはいえ、輜重兵の駅仲仕で、六十キロの麻袋を担いだことがある。それなの元郎は女子工員たちに屈服した。彼女らは、仕事に対する馴れの違いと言って、蒼ざめた元郎に気遣いを見せた。だが、元郎は馴れるための一週間が耐えられずに尻を割った。その違いは何なのか。

働いて食べることとの真剣さ、その有無。それとも彼女らは働くことのエキスパート、藤平耿介が小説のプロフェッショナルであると同じように。だとすれば、元郎は何者か。大学に籍は置いていても何も学ばず、アルバイトに就いても身が入らない。何をやらせても中途半端。学生としては無能、ビール工場では役立たず。抽象的には生き方を探しているはずなのに、個々の現場では中ぶらりんの、明日の風まかせ。リベルタンを自称する勇気もなく、所詮、乱世無頼の身として流れるだけか。元郎は苦いビールを飲みながら、おれは何をやっているのだろう、と恥かしく思った。

十月も半ばになって秋も盛り、天高く馬肥えるの候とはいうものの、元郎の心境は蕭条として空腹はたけなわ。小説の材料調べでもないかと、物欲しげな気持になって、元郎は藤平耿介の病室を訪ねた。入ろうとして、差し迫った声、なだめる声が聞えた。

病室に入ると、いつもは寝ている耿介が起きて、事あれば身を守り、逃げ出す構えになっている。その耿介に対峙して、見慣れぬ客が背を伸ばして正座している。その間に入って耿介を守るように真子が坐っている。緊迫した空気が張りつめ、三人ともに沈黙を凍らせていた。

「どうしたんです」と尋ねようとして、元郎は息を呑んだ。客はこの暑いのに詰襟の学生服をきちんと着て、手に剃刀を持ち、自分の首筋に当てていた。

「宇高くん、いいところへ来てくれた。その人を止めるように言って下さい」と耿介がおどおどしながら訴えた。真子が元郎を見て、縋るように続けた。

「この人、無理なこと言うんです」

「いいえ、無理ではありません」と見知らぬ客は、元郎と同じ年頃だろう、一途に思い詰めている様子で、首筋に当てた剃刀にいっそう力を込めながら言った。「ぼくは小説家になりたいと思い、藤平先生の御作を拝見して感激し、この人以外には師と頼む人はいないと考えると矢も楯もたまらず、こうしてお願いに上ったのです。どうか弟子の末席に加えて下さい。それが叶わなければ、ぼくは死ぬほかありません。この場でみごと果てて見せます。不憫と思って下さるなら、どうぞ末席にでも……お願いします」

　元郎はしばらく辺りの様子をうかがい、余人がいないのを確かめ、真子を押し退けてから、見知らぬ客の前に、同じように正座して向い合った。元郎は剃刀を怖れていたから、どうしていいか分らなかった。だから、何の考えもなく、客の首筋に当てられた剃刀だけを見ていた。

　元郎が黙っているので、客は落ち着かなくなったらしく、挑むように元郎に言った。

「何を見ているのです。何で黙っているのです」

「ええ、その剃刀がね」と元郎は答えた。「少し錆びているようだし、うまく切れないんじゃないかと思って……何だか痛そうで」

「切れます」と向きになって客は、剃刀を首筋に擬し、いっそう力を込めて言った。「切れるから持って来たんです」

「じゃ、ぼくが試してみましょう。ぼくの無精髭はひ弱ですから」

　元郎はゆっくりと左手を伸ばした。客は意表を突かれて混乱し、剃刀を持ったまま震えはじめた。

「慌てないで、大丈夫」と元郎は手を伸ばさずに言った。「ぼくの髭を試してうまくいったら、剃刀は返します。ぼくもあなたと同じ文学をやろうとする人間の端くれ、嘘はつきません。さあ、あなたの少し錆びついた業物、西洋剃刀をぼくに貸して下さい。あなたの目の前でみごと剃ってみせますから」

元郎が落ち着いてしゃべっているので、客は急に素直になって剃刀を元郎の左手の上に乗せた。それを笑いながら受け取り、右手に持ち替えた。真子が慌てて立ち上り、髭剃りの用意をしようとした。元郎はそれを抑えて、真子と客の両方に言った。

「何も要りません。剃刀は業物、あなただってシャボンなしでやろうとしたのですからね。精神一到何事かならざらん、です」

詰襟の客は何も言わなくなった。その段になって元郎の方が困っていた。元郎は安全剃刀しか使ったことがないのだ。けれども、ここで中止するわけにゆかなかった。剃刀に安全も不安全もあるまいと思って、見当で剃刀を当ててがりがりとやってみたら、やっぱり不安全だった。何ヶ所も切ってたちまち口の周りを血だらけにしてしまった。

三人の見物人がみな呆れたようだが、一番慌てたのは剃刀の持主で、責任を感じたのか、白いハンカチを慌てて元郎に渡した。元郎は遠慮なく口の周りに当て、ハンカチを血だらけにした。元郎は右手でハンカチを押え、左手で客に剃刀を返した。客は剃刀を血だらけのまま鞘に納め、大事そうに内ポケットに仕舞い込んだ。

弟子入りの話も自決の話も自然になくなった。元郎は口の周りを血染めのハンカチで押えたまま、客を立つように促した。

「その辺で、どうです、ちょっと一杯、手打ちといきましょう」

客は黙って素直にうなずいた。

耿介に一礼して、二人揃って病室を出、病院の玄関を出た。外はまだ明るかった。詰襟の客をそこに待たせて、元郎は病院の一階の洗面所に入り、血だらけの口髭とハンカチを洗った。洗いながら手と肩が震えていた。蛇口の下に口を付けて水をがぶがぶ飲んだ。

やっと震えが止って洗面所を出たところに真子が待っていた。汚れたハンカチの代りに白いハンカチを用意し、百円札を四、五枚渡して、真子は「ありがとう」と言った。白いハンカチを相手に返し、二人で手打ちの酒を飲めという意味だろう。軽く頭を下げて元郎は無言で礼を言い、そのつもりではなかったが、一日の収入にはなったと思った。

行きがかりの大衆酒場に入り、元郎と男は隅の席を占め、改めて向い合った。狭い店に多くの客が立て込んでいたから、部屋のなかは話し声だけで喧噪を極めた。隣の卓ではバクダンなどという物騒なものを飲んでいた。元郎と男は梅割りの焼酎を頼んだ。

焼酎のコップをかざしながら、剃刀の男は言った。

「ぼく、伊藤です。今日は親切にしてもらって、ありがとうございました」

「あ、ぼくは宇高です。つい身につまされて余計な差し出口をしました」

「いいえ、そんなこと。きみの言葉でぼくは目が覚めました。今は恥かしいと思っています」

「藤平先生は」と言いかけて元郎は言葉を抑えた。藤平耿介のことを初めて「先生」と読んだことに気づいたからだ。が、それ以上深くは考えずに続けた。

「藤平先生は喀血後の療養の身ですから、原稿を書くのが精一杯で、ほかのことには手が回らないと思います。病状が落ち着くまで待って上げて下さい」

「いいえ、もういいんです。もともと文学、小説の勉強は一人でやるものです。直接お話を伺わなくても、先生の御作を読めば分ることですし、作家の心は身の内にではなく、作のなかにこそ深く隠されているはずですから。ご心配、ご無礼をかけました。お許し下さい」

「いいえ、ぼくの方こそ……」

伊藤は一気に残りの焼酎を飲み干し、伝票をつかんで払いをすませ、縄のれんをちょっとかざして振り返り、軽く一礼して姿を消した。

元郎は一人卓に残り、焼酎を一本追加してまずそうに飲んだ。一時はどうなることかと思ったが、終ってみれば何ごともなくすみ、伊藤も心静まれば礼儀正しい若者であった。小説の何が彼を狂わせたかは知らないが、彼は今慚愧のなかで自分を省みているだろう。それに比べて元郎は、一時の狂気も反省もなく、危機はあったにせよ、震えを隠して場を収めただけだ。残ったのは焼酎と何がしかの稼ぎだけ。きれいごとですませた仲買人。小さな事件から元郎は何も得ていない。

元郎は残り少ない焼酎をちびちびとほろ苦く飲みつづけていた。

社交喫茶オリエンタル

一

　四月から寮の部屋替えがあり、元郎は新しい〈文研L号室〉に移っていた。名前のとおり文学研究会、リタラチャー・グループの四人、それに新入生二人が加わって六人であった。四人は元郎のほかに大迫毅、浜田慎吉、土方敏也、いずれもそのうち小説を書くつもりでいるらしいが、だれも口に出さないし、作家や作品の話もめったにしない。ただ意気投合して梅割り焼酎を飲みに出かけるだけだ。日頃の様子で察するところ、大迫は江戸文学に興味を持ち、浜田は大学の授業には出ないくせにアテネ・フランセに通っており、土方は私小説を読み耽っている。

　六月の下旬、朝鮮で戦争が起った。同じ民族が体制の違いで三十八度線を越えて争った。

その夜も四人で飲みに出かけた。馴染みの屋台で梅割り焼酎を飲みながら、みんな不機嫌に黙って、だれも戦争の話をしようとしない。まっさきにコップを空にした土方がお代りを求めかねて、気を引くように言った。

「ねえ、みんなどうして黙ってるの。戦争の話をしちゃいけないの？　飲んだっていいじゃないか。日本でやってるわけじゃなし」

「黙れ、うじ虫。飲んじゃいけないから飲んでるんだ」と浜田がだれにともない怒りで叫んだ。

「だって、仕様がないよ」と土方は気圧されたように言って、一つ席を置いて隣の、黙って同じ焼酎を飲んでいる四十すぎの男に話しかけた。

「ねえ、先輩、飲んでもいいよね」

「よせ、土方、知らない方に失礼じゃないか」と大迫が鋭く言い、「すみません」と四十男に謝ってから、急に小さな声になって元郎に囁いた。

「確かじゃないけど、あの人、アナーキスト詩人の植村諦だよ。昭和の十年頃、無政府主義者に対する弾圧事件があって捕われ、下獄七年という。話しかけない方がいいよ。あの人だって今夜は一人で飲みたいんだろうから」

大迫は東京で育っているから何でも知っているんだな、と感心しながら元郎は横目で植村という人をそっと見た。浜田にも話が聞えたらしく、土方の耳をつまんで引き寄せ、「黙って飲みな」と優しく言って、自分の焼酎を分けてやった。

戦争は嫌だ、と元郎は思った。戦場に出たことはないが内務班生活は知っている。そこでは他人の命は殺さないが自分の心は殺される。美しいものを望む心も善いものを愛する心もずたずたに引き裂かれる。まして殺し合い、骨肉相食むのは思っただけでもぞっとする。今度兵隊に引っ張られることがあったら、それこそ命の限り地の果まで逃げようと思う。義勇軍でも嫌だ。

四人とも気持が沈んでいて、焼酎を一杯ずつ飲み（元郎は半杯、あとの半杯は土方に回した）、小銭を出し合って言葉少なに引き上げた。


元郎がアルバイトとして紹介された店は、新橋駅前のビルの二階にある社交喫茶〈オリエンタル〉だった。社交喫茶といってもコーヒーやジュースを出すわけではなく、ビールと酒が主で（焼酎はない）、ほかには「青い珊瑚礁」を目玉にしての各種カクテル、常連の客は社用族、迎え撃つのは百人に近い女給の群れ、添え物はスイング・バンドにストリッパーの踊り、一夜の喧騒の社交場であった。

元郎はマネージャーに会い、二、三の応答をしてから社長室へ連れて行かれた。社長は見るからに好色の老年、ちょび髭と色模様のネクタイで紺の三つ揃い、「我輩は」といわんばかりに胸を張る。社長は元郎を眼下に見下ろし、自慢話をしたあと、一方的に給与を言い渡した。

「我が社はボーイもラウンドも一律四千円だが、きみはアルバイトだから三千五百円。その代り宿直料として五百円出す。学生だからどこに寝るのも一緒だろう。精々頑張ってくれ」

そう言って社長はチョッキの胸に手を添えた。元郎は黙って頭を下げながら考えた。元郎は昨年の六月まで、郷里の大学の図書課に勤めていたが、公務員としての給料は月に五千円ほどだった。そのことを思えば〈オリエンタル〉の給料四千円は、社長が胸を張るほど高いとは思えなかった。が、今の学寮での三千円を目安の生活を思えば、千円高の、アルバイトや他人の援助に頼らないですむ収入だから、高い安いではなくて助かる給料、安定した生活費だ。心が決って元郎は目を上げ、社長を見た。

「ほかに訊くことがあるか」と社長は終りを促すように言った。

「宿直室はどこですか」

「そんな贅沢なものがあるか。店で寝るのよ。客と女たちが帰ったら店は空っぽだろう。三人掛けのソファーを二つ合せれば、豪華なダブルベッドが出来る。天国だよ」

は、は、は、と気嫌よく笑って、社長はマネージャーに元郎を連れて行けと指示した。

社長室の並びに別室があって、そのドアを開けると小座敷ふうの畳部屋、ロッカーがあって、女給たちの更衣室であった。その隣はスナックふうのカウンターと椅子、眼鏡をかけた痩せぎすの四十女が一人でいた。「小泉さん」と紹介され、元郎は頭を下げた。

ここは〈オリエンタル〉の一部で、女給たちが出陣前の腹ごしらえに、握り飯に味噌汁、カレーライスなどを求める内輪のスナック。スナックの蔭には禁制のアメリカ煙草が隠されていて、店の客から求められれば、ラッキー・ストライクでもフィリップ・モリスでも一個二百円で売るという仕掛。それらを差配するのが小泉だ。

開店は六時だが、ボーイたちは掃除があるから一時間前には来るらしい。元郎は普段の黒ズボンはそのままで、白い上衣と黒のネクタイを渡され、ステンレスの盆とダスターを持たされた。写真屋が被写体を眺めるように、マネージャーは元郎を一回転させて眺めた。

「まあいいだろう。初めの月給で黒ズボンを買え」とマネージャーは言った。

マネージャーは元郎を連れて二階の店に降りた。ガラスの扉を入った正面にカウンターと背後の酒瓶の列があり、その間に人が二人入っていた。マネージャーはカウンターに依りかかりながら元郎を紹介した。

「チーフ・バーテンダーの鹿野さん。これは見習の石田くん。今日入ったボーイの宇高くん」

いつのまにかボーイたちが揃っていたので、マネージャーは元郎の名を言い、みんなを一人ずつ指しながら、「ボーイ長の中山、ボーイの陽助、江坂、ラウンド（テーブル係の女、ボーイの仕事と変らない）のクニ子、ヨウ子」と名を連ね、「分らないことがあれば、ボーイ長に聞け」と言って終りにした。

剽軽ものの陽助が挨拶代りにと、指先一本で鮮やかに盆を回し、調子に乗って落とした。それから、陽助を先頭に店内に入って、床を掃き、テーブルを拭きはじめた。カウンタの並びにバンド・ステージがあり、その正面がフロアーだった。フロアーの上にはミラー・ボール、フロアーの左右と奥に、壁沿いのソファー・ボックスが並んでいた。曲尺形にフロアーが狭くなって右折し、その一帯にもソファー・ボックスが七つ八つあり、その境の端に便所、洗面所が付いていていた。

やがて六時、バンドが入り、顔と衣裳を磨き上げた女給たちがぼつぼつ入店しはじめた。元郎は初日で何も分らぬままに、バンド・ステージの前の端に、全身を緊張させて立っていた。女給たちが元郎をちらっと見ながら奥へ進んでゆく。なかには愛想よく「初めてのボーイさんね、よろしく」と声をかけて過ぎるのもいる。そのたびに元郎は固くなって、挨拶に答えたり答えなかったりする。

一人の和装の背の高い女が突然元郎の前に立ち止まり、右手を差し出すといきなり元郎の股間を探り、ぐっと握った。無言で目を合わせ真剣勝負のようになった。元郎は当惑した。他人の目もあり、どう反撃していいのか分らない。仕方なく股間を潰されないようにその一点に力を込めた。

「よし、しっかり立ってるな。潰されずに頑張れ」とその女は言い、奥の方へ曲って行った。

その女はその間少しも表情を変えなかったから、からかいか励ましか、真意のほどは分らなかったが、元郎は少なくも無益な緊張を解いてもらえてありがたかった。

寮では文芸雑誌を作ろうという動きが起っていた。寮生の有志が食堂に集まって話し合い、通学生からも参加があって、予算の目処と編集委員が決まった。〈文研L号室〉からは大迫が編集委員に入った。部屋に帰ってから同室のみんなに大きな声で大迫は報告した。

「印刷製本の費用は、一部は寮委員会の予算から引き出し、一部は売店からの大口のカンパを見込み、残りは手分けして売る。さて諸君、あとは作品を書くだけだ。みんな頑張れよ」

「おまえも書くんだろ?」と土方が言った。

「おれは書かないよ」と大迫が威張ってみせて言った。「おれは偉いんだから。おまえらの小説を読んでやって、書き直しさせたり、誤字脱字も見つけたり、採否を決めたりする」

「作品をボツにすることがあるのか」

「当り前だ。町内会雑誌とは違う」

「おれ、怖くなったよ。宇高は?」と土方が助けを求めるように言った。

「おれは恋愛小説百枚」と元郎は土方に当てつけるように答えた。「もうほとんどできている」

「おれもできている」と浜田が続けた。「ソネットの初めの一連だけ。こうだ。パン食べて恋しに行き、レストランではミュージックを聴き、プロムナーで女を惑わせ、時のついでにギャロップする」

「何だ、短くて調子はいいけど」と土方は言った。

「おまえのは外来語交りの鼻歌って感じ、プロームナードからギャロップへの転調とはいささかきついね」

「そういうおまえは町内会向きか」と浜田がやり返した。

「そうだよ。おれが書くのは町内の鉢かつぎ姫。ハピー・エンドのいい話だぜ」

大迫が二人のあいだに割り込んで言った。

「ご託を並べるのは今の内だ。書き終ったら沈黙というのは嫌だぜ。作品はめった斬りと覚悟の上で、取り敢えず飲みに行こう」

四人異議なしで出かけた。渋谷駅に近い栄通りの屋台店。離れたところから見ると中年の客が一人。元郎はひょっとして植村諦がまた来ているのかと思った。四人は木の長椅子に並んで腰掛け、いつもの梅割り焼酎を注文した。ちらっと見たところではアナーキスト詩人ではなかった。

まず首を伸ばしてコップの縁に唇をつけ、こぼさないように啜った。二、三分減ったところで、受け皿にこぼれている焼酎をコップに戻した。頃合を心得ているから、一滴もこぼさず、コップは再び満杯になった。表面張力で盛り上っているのを、満足げに眺めながら、ゆっくりと煙草に火を付け、一息吐いてもう一度の満杯に唇をつけた。それほどまでに酒、焼酎が好きというのではなかったが、その貧乏くさい儀式が気に入っていた。

横を見ると、三人とも真面目に手順を守っていて、若いのに酒好きなのだろう、結構たしなみ、その仕種も堂に入っていた。酔って口が軽くなるのは普通だが、浜田は途中から分別がなくなり、土方は精力的にしゃべりつづけ、元郎は半杯で顔が真赤になり、胸が苦しくなった。飲んでもあまり変わらないのが大迫で、体が大きいこともあったが、不埒に酔っても最後まで三人の面倒を見た。

　先夜のように大迫が元郎の耳に囁いた。

「あの人、和田伝。植村諦ではなかったよ」

　和田伝の名は元郎も知っていた。戦前、農民文学で活躍した人、今は五十歳ぐらいだろうか、戦後も文芸雑誌に小説を発表していて、元郎も読んだ覚えがある。まだ世の中が貧しいから、作家や詩人が屋台店に飲みに来るのだろう。

「な、太宰治って面白い?」と土方が突然浜田に話しかけた。「人間は弱いものだ、不良とは優しさのことだとかいって、結局は女に『葉ちゃんはお酒さえ飲まなければ、いいえ、飲んでも……神様みたいないい子でした』と言わせる。狡いよ、調子よすぎるよ」

「え、それのどこが悪い」と浜田は少しからみながら答えた。「おまえとそっくり同じ。意志が弱くていいかげんで、酒ばかり飲んでる。ただおまえには、いい子してくれる女がいないだけじゃないか」

「そうだ、土方」と大迫が割り込んで言った。「おまえはまるっきり同じなんだから、自分と同じように尊敬しなくちゃいけないよ」

「だって、おれは川崎長太郎が好きなんだ」と土方は自分が播いた種から逃げながら、ついでに焼酎のお代りをして言った。

「抹香町ものか」と浜田は軽く言った。

「そうだよ、きみは軽く言うけど」と土方は熱くなって語った。「『赤と黒』から出発しながら、詩と左翼から逃走、徳田秋声を師と頼んで私小説へ。学歴も才能も要領もなく生活は転々。だが、師ゆずりの写実の目は苦労をしわみこんでも冴え、しかも温かい。五十歳で家も妻もなく、孤独によろめきながらの抹香町通い、荷風の墨東とは一味違う遊里の田舎味。末路の不安と諦念を『鳳仙花』に読んでみろよ」

和田伝はいつのまにか居なくなっていた。

「よし、話の続きは帰ってから」と大迫が宣言した。

自分で一番多く飲んだと考えているのだろう、土方は千円札を出した。ほかの三人はいつものように小銭を出して土方に渡した。千円札で勘定を払い、そのお釣りと小銭を土方はポケットに納めた。

寮の〈文研L号室〉に帰り着くと、二人の一年生は眠っていた。三人もベッドに収まって静かになったが、大迫だけ起きて明りを点けながら、元郎に頼んだ。

「今夜も子守歌、一丁頼むよ。何でもいい、すぐ眠るんだから」

いつ頃からか四人のあいだに変な約束事ができていた。三人は酔っているからすぐ眠るのだが、元郎は少ししか飲まないから、寝る段になって酔が冷め、眠れぬままにうろ覚えの詩を気まぐれに朗誦したことがあった。それが意外に三人に好評で、それが癖になったのだ。

今夜も大迫から注文され、生酔いのまま、手許にあった中原中也詩集のページを当てずっぽうに開き、「寒い夜の自我像」を見つけて、小声で読んだ。

きらびやかでもないけれど
この一本の手綱をはなさず
この陰暗の地域を過ぎる！
その志明らかなれば
冬の夜を我は嘆かず
人々の焦燥のみの愁しみや
憧れに引廻される女等の鼻唄を
わが瑣細なる罰と感じ
そが、わが皮膚を刺すにまかす。
蹌踉めくままに静もりを保ち、
聊かは儀文めいた心地をもって
われはわが怠惰を諫める

寒月の下を往きながら。
陽気で、担々として、而も己を売らないことをと、
わが魂の願ふことであった！

土方はシャツとズボンを着たまま鼾をかいて眠り、浜田もやはり同じ姿、ただし横向きになって原書を開き、それを片手で支え、読んでいる形のまま寝入っていた。元郎も寝ようとしたとき、大迫が明りの下で、目を閉じてかすかに唸っているのを聞いた。

「どこか痛むのか」と元郎は机を挾んだベッドから訊いた。

「ちくしょう、おれは泣かないのに、魂が疼いている」と大迫は呻いた。

二

一週間も過ぎるとボーイの仕事もだんだん分ってきて、元郎も狂燥の音楽と女給の数にも慣れた。

一夜の喧燥が終わると、男と女はそれぞれに去って行く。元郎はひとりになると店の明りを消し、暗い窓から街灯だけが残された日比谷通りを眺め、ときに若い花売娘が通り過ぎる

のを見る。都会の詩情は闇に溢れ、息づいていた。元郎は花売娘の行方を想像しながら、埃の上澄みとベッドのなかで寝た。

乱痴気騒ぎには毎夜のように酔客の嘔吐があり、それを始末するのも新入りということで元郎に命じられたが、日頃から身も心もきれいにしていない元郎は、汚物の処理もさして気にならなかった。それよりも元郎は、室内向けの拡声器から吹き出す、金管楽器のボリューム一杯の騒音に、耳と頭を破壊されそうになった。

バンドは二組入っていて、休憩を挾んで交代した。毎夜八時と十時にはストリッパーが現れた。型通りなのか自由に舞っているのかは分らないが、裸ではあっても下品な踊り方はしなかった。聞けば、この店に来るストリッパーは日劇小劇場でも有名な踊り手だという。元郎はベティ・丸山という、小柄ながら均斉の取れた、しかも、溢れる乳房と安定した腰を持つ肉体がすっかり気に入った。彼女が演じるときは、元郎は自ら照明係を買って出、最適の距離と角度からしみじみと眺めるのであった。

ある夜、宴たけなわのとき、元郎はボーイ長に命じられて便所へ行った。客が洗面所に吐いて詰まらせたというのだ。洗面所の前で女給の若いユカリが待っていた。自ら案内して詰まっているところを指差した。

「お箸でやってみたけど、折れて駄目ね」とユカリは言った。「陽ちゃんも江坂くんもやってみたけど、しぶとい肉やねぎがはさまっていて水を通さないの。みんなお手上げ」

「とにかくやってみます」と元郎は言った。

「お願いね」と言ってユカリは元郎の頬を両手で挾み、唇の真中に五秒のキスをした。たぶん、ユカリの客なのだろう。それでお礼というつもりなのだ。ユカリの去ったあと、元郎は鏡を見て薄い紅を落とした。他愛ないことだが、元郎は世の中のことでちょっと進歩したような気になった。さて実力を発揮するかと言いながら、吐いた物の有様を見た。自分の唯一の取柄は汚い物があまり苦にならないということだから、箸で取れないなら手で取ると決めた。爪を使って大きな肉切れをはがし、ねぎとしいたけをつまみとると、あとは自由に水が流れた。ついでに自分の手も洗いながら、五秒のキスでは安いなと思った。

ユカリの席の横を通りながら、指でO・Kのサインをして通りすぎた。入口まで来ると、三階から降りて来るベティ・丸山を見た。素早く照明器具を持ち出し、所定の位置に据え、構えた。音楽は「ベッサメ・ムーチョ」で、ベティはバタフライは付けていたけれど、美しい足を惜しげもなく見せて踊った。

一人の人品卑しからぬ背広の男が、やはり感嘆したのであろう、床に尻を付けて何やら叫びながら見ていたが、辛抱たまらずに手を伸ばしてストリッパーの腿にさわった。ストリッパーは踊りを止めて、いきなり酔客の頬を張り、憤然として控え室に帰って行った。依然として音楽は鳴りつづけていたが、いくらか音量を落とし、客席は一瞬静まった。頬を張られた酔客は床に坐ったまま、何が起ったか分らないようだったが、元郎の回りで女たちの囁きが起っていた。

「だって、芸術ですものねえ」

その批評に封じられたのか、あるいはその批評を納得したのか、頬を張られた男たち仲間のあいだから抗議の声は起らなかった。元郎が照明器具を片づけ、ガラス扉を明けて三階に行こうとすると、普段の服装になったベティ・丸山が階段を降りて来た。元郎はよほど、今夜は災難でしたね、と言おうとして止めた。

「お休みなさい」と元郎はちょっぴりの愛と尊敬を込めて言った。

「お休みなさい」とベティは愛想よく笑いながら答えた。


社交喫茶〈オエリンタル〉に馴れてきて、元郎が一番驚いたことは、ここの女給には給料というものがないと知ったことだ。〈オリエンタル〉はバーテンダーやボーイたちには給料を払っているが、百人近い女給には店からは一円も払われていない。彼女らの収入は、馴染み客の懐から払われる、チップという名の指名料、サービス料だった。客の大半は社用族で、指名の女を常用している。指名される女は、主たる客と、客の客とをもてなす一夜限りの女主人である。主客以外の客には、手の空いた女給、ヘルパーが呼ばれて、飲む付き合いはもとより、話や踊の相手をする。

この場合、指名された女以外のヘルパーたちにはチップが出ない。むろん闇取引は自由だが、正規には指命された女が得たチップの何パーセントかを、直接ヘルパーにではなく、組に上納する。組には月組、星組、雪組と三組あるが、上納されたチップは各組の組長からさらに大姐御の許に集められ、その金がヘルパーたちに公平に分配される。だから、指名されることの多い女も不作の時があり、ヘルパーになることもあるが、店に出てさえいれば、常時ヘルパーの女も、無収入ということはない。

その形は互助組織の合理性を持っていて、戦後の民主主義の影響を受けた、組合の次善の姿なのであろう。競争社会でありながら助け合いがあり、それが生れやすい不平等を緩和し、無役の不安を救い、援助しあう形になっている。少額ながら、大姐御からの、つまりは女給全員からの礼が、ボーイ長に渡され、半人前の元郎も利益をこうむっているのだ。よその店でもそうなのかは知らないが、何となく安定し、働きやすい店になっている。

が、客の立場からいえば、小売百三十二円のビールがここでは四百円、酒は徳利一本で五百円（小売では特級酒一升千百七十五円）、オードブルは何が散らしてあるやら割り切って千円、あとは推して知るべし、個人の財布から出せるものではない。といって、ここ新橋、銀座あたりのこの手の店では大衆的といえるのかも知れない。

だから、常連は社用族に限られ、個人の振りの客、特に女客はほとんど訪れない。それがある夜、比較的早い時刻に、珍しく振りの客が酔って入ってきた。案内したのは陽助だったが、客は指名の女の名を訊いても答えない。指名の女がないというより、指名制度そのものを知らない様子だった。言うことははっきりしないが、陽助はとりえあずビール二本と付き出しを出した。陽助の勘で危険を感じ、オードブルは付けなかったのである。

その酔っ払いは潰れる寸前で、ビールは飲むが踊ろうとはしない。だが、悪いことに、若い女給が側に坐ったのを、だれかれなしに触ろうとする。若い女給は嫌がって逃げ、そのソファーの端に止りかげんで逃げ腰になっている。ビールの追加もなく、そろそろ看板に近いとなってお勘定。勘定書きが酔眼で見えるのかどうかも怪しく、陽助が寄って説明するが、「サービスが悪い、高い」と言って金を払おうとしない。ボーイ長の中山が代って説明し、それでも埒が明かないので、とうとうマネージャーを呼んで来る。マネージャーは体格がいいのだが、そこは商売、平身低頭せんばかりに、勘定書を見せて懇切丁寧に説明し、代金は決して無理なものではない、何とか支払っていただきたいと頭を下げた。すると、言い逃れのできなくなった酔漢は、ついに「金がない」と言い出した。「ご冗談で」とマネージャーはなおも礼を尽して懇願していたが、客に実意がないと見て、さっと態度を変えた。

「叩き出せ」とマネージャーは言った。

周囲に寄って様子を見ていたボーイが、威勢よく啖呵を切って酔客に踊りかかり、少し遅れてバーテンダーが飛んで来る。彼らはどさくさに紛れて少しは拳骨を見舞ったかも知れないが、ほかの客や女給も見ていることだし、言葉や仕種の荒々しさも見かけよりは穏やかに、寄ってたかって持ち上げ、出まいとするのを引きずり出し、階段を押し落とし、表の道路に突き倒した。「おととい、来やがれ」と叫んだのは陽助かボーイ長の中山か。元郎は後についていて見ていただけだが、気がついてみるともう一人、ボーイの江坂が「寄ってたかってってのは嫌だな」と、酔客の扱いに批判的な様子だった。元郎もむろん、チンピラめいた粋がり方は好きではなかった。

翌朝起きると、元郎は枕だけ片づけて、ビルの半開きの扉をくぐって出た。路上に昨夜の酔っぱらいの姿はなかった。勤めに出る独身のサラリーマン用の喫茶店に行き、「モーニング・サービス」を注文した。煙草を吹かしながら、スポーツ新聞を隅から隅まで目を通した。巨人の藤本英雄投手が完全試合を行ったことが大きく扱われ、その横に小さく吉田改造内閣のことが載っていた。この月の一連のマッカーサー指令、共産党中央委員会の公職追放、朝鮮戦争の勃発、レッド・パージ反対の声などは跡形もなかった。全学連はレッド・パージ反対を声明、元郎の大学の教養学部自治会も闘争の構えに入っており、九月末の試験はボイコットされるかも知れなかった。

寮に戻り、部屋のベッドに身を横たえると、すぐに土方が寄ってきた。

「おれの載るんだって」と土方は愉快そうに言った。

「それはよかった。が、おれのはどうなったんだい？　おれのプラトニック・ラブ・ストーリー？」

土方に代って大迫が顔を出し、歯に衣着せず言った。

「あれはだめだなあ」

「そんなはずがあるか。言ってみろ」

「御作拝見しましたけれどねえ」と大迫は馬鹿丁寧な言い方になって続けた。「要するに、おまえがその女に惚れてるってことはよく分った」

「じゃ、いいじゃないか」

「だけど、それしかない。なあ、一人の女にぞっこん惚れ込むってこと、それだけじゃ文学にはならない。そんなものは自分の思い出にしまっておけばよいことで、他人にお見せするほどのことじゃない」

「じゃ、愛を描くってどういうことだ」

「さあ、それが難しい。定義や解釈の問題ではないから。おまえのを読むと、好きな女を前にして、お体ちょうだいと全身で欲しがっている。それを我慢して、体裁のいいお話を交換しているだけ。おまえには女に何を与えたいかがない。自我だけ、我、我の我太郎だ。きれいごとは抜きで、女の体を洗いざらい奪い、そしてギブ、アンド、テイクじゃなく、一方的に与えるのよ。惚れたが最後、槍の穂先のようになって突っ込むのよ。奪って奪い、与えて与える、それが愛、もしあるならば、というものだろうじゃないか」

「今日の大迫、冴えてるぞ」と土方は原稿のことで気をよくしているから、誉めるのに造作もなかった。

大迫は土方の言葉を無視して続けた。

「自分の心を探ってみれば簡単に分ることだよ。若いぼくらは美しいものを見たい、特に美しい自分の心が見たいと思う。けれども、自分を見れば美しいものは少なくて、汚いものを一杯見せられる。目を背けるか、心に化粧をするかどっちかだ。それに、飾るのには言葉が便利だ。普段はそれでいい。いいかげんな自分と俗世間は合うからだ。だが、文学に手を染め、愛を語るとなると、日頃の自分では間に合わない。洗い直して、愛し直さねばならぬ。愛はそんじょそこらにあるものじゃない。愛は他人に働きかけるもの。素直にありのままの自分を見せ、見せられ、実態が分らなくなったら愚直な一本道。授受の交錯。ついにはお互いの芯を捜し当てるまで。宇高、とにかくやり直せ。おまえは問題のとば口にかかったばかりだ。そのうち思いがけないものが見えてくるから」

日頃にない大迫の真率な話し方に、意外なものを見せられ、宇高はもちろん、土方も浜田も黙って聞いていた。

三

大学二年の夏休みは帰省せずに、元郎は寮に残って〈オリエンタル〉に通いつづけた。〈文研L号室〉もみなそれぞれの郷里の家に帰り、空になった。一人だけの午後、ベッドに横たわりながら、故知らず「オリエンタルは金持だ」と、黄金虫の歌を置き換えて口遊んでいた。別に悲しくはなかった。

東京に家のある大迫がふらっと顔を見せることがあった。言葉少なく話しながら、元郎は大迫と連れ立って〈オリエンタル〉に行き、だれもいないカウンターで、先夜の客の飲み残しのビールの、口が空いただけでまだ手が付いていないのをコップに注ぎ、二人で静かに乾杯した。

勤めはじめて一ヶ月が過ぎると、ボーイの仕着せも体に合い、ビールを運ぶのも客に愛想を言うのも、ほとんど気にならなくなった。馴れるのが早いのは、元郎に始めから大学生としての誇りなどなかったからだ。ボーイの元郎にまで客からチップが渡されるようになると、元郎の収入は給料だけのときの四倍、五倍になった。

計算しないはずの元郎の生活は計算できるものになり、欲と道連れで元郎は卒業までの道程を夢見はじめた。教養課程が終るまで、それは来年の三月末だが、九ヶ月〈オリエンタル〉で働けば二十万近い貯金ができ、本郷の文学部での学生生活二年間は人並に送れると思った。狸の皮算用を捕ることにした。

とりあえず角帽と学生服を脱ぎ捨て、ベレー帽とダブルの背広を買って身形を変えた。朝起きるとその姿で、近くの銀行へ行き、先夜稼いだ金を当座の預金に入れた。煙草とコーヒー以外あまり金を使うことがなかったから、鰻登りで預金高は殖えていった。

金と時間はできたが、元郎は相変らず、学問をする気にも小説を書く気にもならなかった。〈オリエンタル〉での数時間の喧燥は、元郎の脳を底深く乱打し、一夜の宿直の眠りでは、通常の感覚を取り戻させてはくれなかったからだ。勢い〈オリエンタル〉の生活に馴れて、無為の日を重ねることになった。

女給の椿と口を利くようになったのには一つのきっかけがあった。混雑したフロアーで擦れ違うとき、元郎が椿の着物にビールを掛けてしまったのだ。そのときフロアーは踊る男女で込み合い、元郎は客の飲み残しのビールを下げるときだった。一人で通り抜けようとした椿に、元郎は踊りの蹌踉めきに不意を突かれ、盆ごとコップを転ばし、ビールを浴せてしまったのだ。

謝りながら、慌てた元郎は持っていたダスターで、椿の着物の濡れているところを拭こうとし、椿を余計に怒らせた。踊りの群れから離れて椿は言った。

「着物だから、洗濯代だって安くないのよ」

元郎は陳謝する一方だった。椿は自分のハンカチで着物の濡れたところを押していたが、おろおろしている元郎に気づき、「もういいわよ」と言って自分の席に戻った。その姿にはもう怒りはなく、むしろ悄然としていた。日頃から目に立つ女ではなかったが、新たに見直すと、椿は着物の似合う細面の静かな女だった。

翌日顔を合わせると、椿はかすかにうなずき、表情を揺らせた。元郎が改めて謝ると、「もういいの。すんだことと」と仄めいて言った。その夜馴染みの客が来ると、明るく笑って、ことさらに燥いでいるように見えた。元郎も悔いを薄めながら、一方で高ぶり、よそのテーブルで客に杯を差され、酒量を重ねた。

一月ほどして椿は突然〈オリエンタル〉を辞めた。最後の夜、椿は店が開けてまもなく現れ、朋輩と別れの言葉を交し、マネージャー以下バーテンダー、ボーイたちに挨拶をした。元郎は椿が祝福されているように見え、椿も明るく振舞っているので、結婚するのだろうと思った。帰りぎわをつかまえて言葉をかけた。

「おめでとうございます。新居はどちらの方へ……」

椿は一瞬ためらったが、古い名刺に住所を走り書きし、黙って元郎に渡して去った。

秋が来て、学生たちもぼつぼつ寮に帰って来た。九月の終りには試験があり、それに備えなければならぬ一方、試験ボイコットの動きが始まっていた。すでに全学連がレッド・パージ反対闘争を宣言し、その傘下にあるT大教養学部も試験ボイコットで呼応しようとしていた。

元郎は変りなく〈オリエンタル〉に通っていたが、相変らず授業には出ず、帰寮したときには、〈文研L号室〉のメンバーと梅割り焼酎を飲みに出かけた。当面の話題を議論することなく、飲みながらレッド・パージに反対、試験ボイコットには賛成という気分だった。元郎はレッド・パージの政治的意味を深く理解したわけではなく、ただ直感と常識で、占領軍の横暴と吉田内閣の下劣に反発していただけだ。

秋も半ばの日曜日、元郎は椿のことを思い出し、相手の都合も構わずに、走り書きの住所を頼りに訪ねて行った。椿は不意の訪問に驚いたようだったが、当惑も喜色もなく自然に迎え入れてくれた。祝いの品を渡して、元郎は茶の間の小さな座卓の前に坐った。新築の家ではないが、壁も畳も新しく、調度品も小振りなものを揃えて、いかにも新婚の落ち着いた暮しぶりが窺えた。夫の姿が見えないのは用事で出かけたのだろう。

向い合ってみると、椿は小柄で物腰も静かで、別に変ったところはなかった。前よりもいっそう落ち着いて見えた。出された茶を一口飲んでから、元郎は膝を改めて言った。

「ご結婚、おめでとうございます」

「結婚じゃないわよ」と椿はちょっとためらってから答えた。

「ああ……」と言って元郎は一切を了解した。〈オリエンタル〉で稼いでいる女が結婚するのは難しいだろう、と元郎も聞いていた。が、椿の場合ならそれもあり得るだろうと思い、それだけに椿の結婚には何も疑わずに祝福したのである。それがそうでなかったと知って元郎は落胆し、悪いことを言ってしまったと後悔した。そう言われてみれば、家内の様子は「囲い者」という名にふさわしい佇まいを持っており、椿はそこに坐るにふさわしい女の静かな色気を漂わせていた。

が、椿はそう言ってからも、打算か諦めか、特に変った様子もなく、淡々と〈オリエンタル〉の新しい出来事、元郎の大学の暮しなど、思いついたようにあちこち移りながら問い、それでも楽しそうに聞いていた。話が跡切れるとレコードをかけた。合間にはコーヒーが出た。「ヘビースモーカーね」と椿は咎めるでもなく言った。

窓の光が明るいので、元郎は時が移るのを忘れていた。椿は夕食の支度をした。元郎は長い間食堂以外の食事をしていなかったので、家庭の味を楽しんだのだが、ちらっと「囲い者の味」という言葉が脳裏をかすめた。元郎は珍しくご飯と吸い物をお代りした。椿は給仕するのが楽しいようだった。食事が終って一服していたとき、椿が何でもないことのように言った。

「今夜、あの人帰って来ないのよ」

元郎は返事をしなかった。それは誘いであり、あるいはただ、一人の夜の寂しさを言っているだけなのであったかも知れないが、元郎はただ黙っていた。迷いでもなかった。結果が不安ということではなく、元郎のなかにまだ発芽するものがなかったにすぎない。

元郎は立って玄関の方へ出た。椿が追って来て背後に立った。振り返って元郎は言った。

「ご馳走様でした。おいしかった」

椿は微笑したが黙っていた。またいらっしゃいとは言わなかった。元郎は一礼して暮れかけた空の下に出た。

九月の末、学部自治会の決議で学期末試験がボイコットされることに決った。その日を明日に控えて、〈文研L号室〉の六人も落ち着かなかった。夕食後しばらくはみなおとなしく机に向っていたが、九時頃になって土方が声をひそめて、「浜田、飲みに行かないか」と誘いをかけた。

「今夜は駄目」と大きな声で浜田が答えた。

「大事の前の小事、少しならいいんじゃないか。第一、レッド・パージって何なの」

「共産党員およびその同調者の公職追放」

「それは分っているけど、パージって何よ」

「おまえはうるさいよ」と言いながら、浜田は吐きすてるように答えた。「パージはPURGE、清める、医学では下済をかける」

「レッドに下済をかけるというのは、そりゃひどい」

一年生が二人部屋を出て行った。それを見て元郎は浜田のベッドへ行き、大迫も土方もそこへ集まった。

「おまえら、勉強家の邪魔をしちゃいけないね」と言いながら、大迫は元郎の体を押して空きを作り、そこに寝転んだ。

「な、外に出ないから、ここで少しならいいだろ？」と土方がズボンのポケットを押えながら言った。

そこにトリスのポケット瓶が入っているらしかった。そのふくらみを見ながら大迫が言った。

「少しだけにしろよ。酔ってちゃ、明日のピケで潰されるぞ。警棒は初め横だが、やがて縦に突いてくるんだから」

「警官導入？」

「そんなこと分んないよ。学部長が決めることだもの。ま、一口飲ませろ」

土方は急いで一口飲み、それから大迫に渡した。大迫はウイスキーをぐい、ぐいと二口飲み、浜田に回した。

「おまえらプチブル文学青年ってのは、世の中のこと何も知らないんだな。時には焼酎より大事なことだってあるんだぞ。そうだろうと思ってここにメモしてきたから、みんなで読んでおいてくれ。おれは部屋の代表として明日のための戦術会議に、ちょっと顔を出してくる」

大迫が出て行ったあと、レポート用紙が一枚机の上に残された。そこに日録ふうに、試験ボイコットに至る経過が簡略に記されていた。

五月二日、東北大学で、ＣＩＥ大学教育顧問イールズ博士の講演「学問の自由について」、赤色教授を追放せよ、学生抗議。

六月六日、マッカーサー、吉田首相宛書簡で、共産党中央委員二十四人の公職追放を指令。

六月二十五日、未明、三十八度線を越えて、南北朝鮮が戦火を交える。

七月二十四日、GHQ、新聞協会代表に共産党員と同調者の追放指令。

八月十日、警察予備隊令公布。再軍備の始まり。

八月三十日、全学連緊急中央執行委員会、レッド・パージ反対闘争宣言。

九月二十五日、都学連、レッド・パージに反対し、試験ボイコットを指令。


九月二十九日午前九時頃、元郎は大迫に起された。

「もう学生たちが続々登校しているぞ。寮生が中心になってピケラインを張り、通学生の一部は誘導して食堂に入れ、五百人ぐらいかな、自治委員たちが試験ボイコットに加わるよう説得している。おれは今までピケラインのなかにいた。すぐに行ってくれ。正門だ。シャツ一枚じゃ駄目だぞ。上着かセーターを着て行け」

そういうと、大迫は浜田と土方を起して出て行った。元郎もすぐに起き、浜田と土方とともに正門へ走った。二人の一年生はどこへ行ったか姿が見えなかった。

正門に着くとおびただしい学生の群れであった。正門は鉄扉が閉ざされており、片側の通用門だけが開いていたが、試験ボイコット派の数人が検問する構えで、両側に立っていた。閉ざされた鉄扉の前に、四列か五列ぐらいのピケットライン、その前の空地に学内に入ることを止められた通学生が数百人、あるいは千を超える数で、きちんと学生服を着て坐り込んでいた。その中へ入って自治会委員の数人が、ボイコットの趣旨を説き、同調を求めていた。ときに、「学内に入れろ」、「不当だ」という声もあったが、暴力的な争いはなかった。

元郎はピケのなかに大迫の姿を見つけ、浜田と土方と一緒に通用門を出て、ピケラインに合流した。見知らぬ学生と腕を組みながら、対面の意見の違う通学生と議論したり、「友よ、肩に肩を組みて砕け敵を……」の全学連の歌が歌われるのを聞いたりしながら、元郎は不思議な感情に浸っていた。多数の対峙がありながら、緊迫はあっても、どこにもゲバルドがないのだ。それこそが異様であった。

おれは何を闘っているのだろうと、元郎はピケラインのなかで考えた。試験ボイコットには一も二もなく賛成したが、レッド・パージ反対と深く結びついて考えたわけではなかった。レッド、つまり共産党および共産党員について何も知らず、彼らとの付き合いもなかった。その類で元郎が知っているのは、大連での終戦後のソ連兵、その略奪強姦の不快な記憶だけだ。

引揚げて日本に帰って来たとき、その記憶を持続させながらも、元郎は選挙のときにいつも共産党に投票した。その間に矛盾はなかった。日本とソ連では共産党といっても同じではないだろう、と理窟で考えたわけでもない。自分と自分の家族が戦後、異国にあって貧窮に喘いだということはあった。が、共産党は小数派で、貧乏人の味方だと思っていたからだ。それに、知的半熟のなせる幼い見栄、異端者への憬れもあったかも知れない。いやしくも知性で物を考えようとするかぎり、特に学生は、自由党、社会党などの多数党を支持するなどとは、恥しくて口に出せない、そんな風潮が学内にあった。

そのとき突然学部長の姿が現れ、ボイコットの学生に囲まれた。学部長はまずピケットラインを解けと言い、学生は試験の延期を主張した。そこへ別の学生を乗せた大型トラックが、ピケットラインに乗り入れてきて、学部長を奪い、試験を開始せよと要求した。ボイコット派と試験派が小ぜり合いになったが、暴力的なことは起らなかった。

それより先に、少し離れたところに警官隊が待機していたが、小ぜり合いを待っていたかのように、装甲車を囲んで正門に向って動き出した。ピケットラインと登校学生のあいだに割り込み、ピケットラインに向って退去を命じた。道路交通法違反だという。ピケラインの学生たちは失笑した。正門前は空地であって、道路といえば駅からの通学の細道しかなく、それを妨げていたのは警官隊だったから。

だが、ピケットラインが解かれないとみると、警官たちは警棒を構えて全面的に押して来た。大迫が言ったように、初めは警棒を横に、やがて縦に直して、学生たちの腹を突いてきた。それを見ていた登校学生が、少しずつ立ち上って、しだいに多く、ピケラインに参加しはじめた。それまでのピケライン対登校学生の対峙が、学生対警官隊という押し合いに変ってきた。

しばらく力の均衡が保たれたが、やはり警官隊の警棒と訓練の威力が効を奏して、ピケラインの中央が破られ、鉄扉が開かれ、警官が学内に闖入しはじめた。追い散らされた学生を警官が逮捕しようと迫った。元郎も追われて寮へ逃げ込んだ。そのときになって初めて学部長が試験中止を宣言し、警官隊の退去を求めた。

激しく荒れた一日のあと、元郎の心はむしろ沈んでいた。日頃の怠惰のなかから、半端な気持で臨んだ受動的な高揚の反動であった。事実としても、試験ボイコット行動は成功したが、レッド・パージ反対の意味、認識が学内まで、拡がり、深まったとは思えなかった。特に元郎自身については、時代の流れの一端に触れただけに、自分の浮薄を思い知らされ、自嘲に荒んだ。

事件のあと、主動的な役割を果した学生は退学処分になり、再試験が行われた。元郎は依然として〈オリエンタル〉に通っていたが、試験に備える気もなく、貯金をする気もなくなった。四人で梅割り焼酎を飲みに行くことは変らなかったが、みな自由に語る気炎もなくなり、分別くさく沈んで深酔いした。元郎も酔いに紛れて、みんなにビールや酒を奢ったりした。

酔えばみな自分を見失って、道を歩きながら意味もなく叫んだり、踊ったりしたが、始末におえなくなるのは浜田だった。彼は突然車の走っている道路に飛び出し、大の字になって寝たり、列車の通る陸橋の上からぶら下がったりした。それを大迫や土方が助け出した。助け出されると、浜田は訳の分らないことを呟きながら、また当てもなく歩き出した。

その後を追いながら、手を焼いたように土方が言った。

「浜田は何であんなことをするんだろう」

「酔っぱらいのやることに意味はないけど」と大迫が温かい声で言った。「あれは自己処罰のつもりだろう」

「何の罪で？」

「自分が自分に値しないことの罪。学生でありながら、あり余る才能を潰している罪、文学を志しながら、怖れて逃げている罪。心優しい男なのさ」

「じゃ、おれは？」と土方が問うた。

「おまえは飲みの一本道。矛盾はない」

「ちぇっ、ひでえなあ。でも、その通り」

浜田は酔っていても後ろの声が聞えたのか、恥かしかったのだろう、「うわっ」と叫んだかと思うと、盲滅法に走り出した。

「おい、浜田、待て」と元郎が追いかけると、浜田は全速力で走ってどこかに消えた。三人で手分けして捜すことになったが、まもなく元郎が見つけた。暗い通りの角の交番のなかに浜田はおとなしく腰掛けていた。なかに入ると、裏から年配の巡査が出てきて、「きみの友だちか」と言った。

「はい」と答えると老巡査は交番の前の小さな教会を指差し、「この男が垣根を越えて入り込んだから、連れてきて保護したのだ。学生証で身分は分かったから、酔ってのことでもあるし、今夜は連れて帰ってよろしい」と言った。それで一礼して、元郎は浜田を連れて出た。

歩きながらはにかんで浜田は言った。

「眠ったように訳も分らずに歩いていて、あ、雨だ、と思ったら目が覚めて、気がつくと雨じゃなくて頬だけ濡れていた。見ると十字架があって、ふらふらと近づいて行った。垣根を乗り越えたことなんか覚えていないよ。おれはクリスチャンじゃないけど、十字架はなぜか気になったなあ……。おお、恥かしい」

浜田の酔いが冷めたのだ。大迫と土方も待っていて、何も言わずに優しく迎えた。

四

〈オリエンタル〉に勤め出して三ヶ月も過ぎると、元郎も大方の女給の顔と名前を覚え、親しくなり、テーブルに呼ばれて客からチップをもらうようになった。その指名された女給が客に、元郎が学生であることを告げて、「ボーイさんにもチップあげて」と促してくれるのだ。ボーイ仲間では陽助の人気が一番で、それには及ばないが、元郎の実入りも殖えた。

そんなときお愛想に、テーブルの前に立ったまま、卑屈に追従しながら、酒やビールを差されて飲んだ。チップの相場は千円とほぼ決っていたから、二口でもあると、一夜で日給の半分を得たことになる。そんなとき、飲まされて顔を赤くし、洗面所に入って鏡を見ると、自分の顔が醜く歪んで膨らんでいた。

客と女給のあいだは色恋が常道で、店ではビールと踊りで下ごしらえ、本番は店が終ってから二人どこかにとけこみ、不調になればその夜は別れて再度を期すという具合。釣り釣られでしばらくは客の〈オリエンタル〉通いはつづく。

ボーイたちにも恋がなくてはならず、陽助はラウンドのクニ子と同棲しており、江坂は女給のユカリと恋仲だそうだが、江坂はその関係に自信ありげ。陽助とクニ子の方は生活費も堕胎の費用も半々で、ちゃっかりと公平に暮しているそうだ。元郎も負けずに女給のマチ子をデートに誘ったが、マチ子は現われず元郎は待ちぼうけ。翌日違約を詰ると、マチ子は「あ、忘れてた」と天真爛漫に答え、一件落着。

〈オリエンタル〉は「オフ・リミット」なので、米軍兵士が店に入ることはないが、たまに不意打ちでMPが入って来ることがある。何のためか分らないが、ボーイも女給もアメリカ煙草を見つけに来ると信じている。その不意打ちを防ぐ方法は、店の入口にスタンド・マイクが置いてあって、MPが入って来ると普段はボーイ長が、素早くマイクに向って全店に聞えるように、「いらっしゃいませ、花組のお客様、ご案内」と叫ぶ。

〈オリエンタル〉の百人近い女給は、月組、星雪、雪組と三つに分れているが、花組はない。

「花組のお客様」は「ラッキー・ストライクを隠せ」という合図だ。一度だけ元郎もマイクの近くにいてＭＰの入来を見つけ、ボーイ長の中山がたまたまそこにいなかったので、慌ててマイクに向い、ちょっと間違って「花組のお客様、ご注意」と言ってしまったが、幸いＭＰには分らず、女給たちにはまともに分ったので、大過なく終った。夢中で過ぎたあとになって、元郎の胸は早鐘を打つように鳴り、秘密結社の一員として任務を果したような気がした。

女給のセツ子は顔立ちの整った美しい女だった。年の頃は二十七、八か、〈オリエンタル〉に現れたのは元郎よりあとで、婦人雑誌の表紙になるような女だったが、いつも和装で、表情の変化に乏しく、話し方、手足の動きに若さが感じられなかった。むしろ無器用で捌きの鮮かさはなかったが、整った顔形だけで多くの指名客を集めはじめていた。多いときには四、五人の指名を同時に得て、離れたボックス席を回り、空いたボックスにはヘルパーの援助を得て、華やぎのない忙しさだけで、何とか勤めを果していた。

セツ子の客はほとんどが社用族だったが、個人で通っている二人の客がいた。一人は元郎も新聞の顔写真で知っている自由党の中堅代議士風早孝だった。もう一人は、始めは社用族の一員として来ていて、やがて一人でセツ子の許に通い出した三十過ぎの腺病質の男だった。二人がかち合うときには、セツ子はおおむね風早に占領され、チップを気前よく渡すのか、若いヘルパーたちも集って、その席は賑やかだった。その間もう一人のセツ子への通い男細見は、おとなしく自席でヘルパーを相手にビールを飲み、ダンスをしていたが、暇を見てわずかな時間セツ子が急いで来るのを、格別に恨めしそうな顔もせず、一曲踊って満足する。それだけに思いはいっそう募るのであろう。そこへ通りかかった元郎に細見は、ビールを注いでチップをくれる。代議士と女を争っている自分にも、一臂の力を貸して欲しい、とでもいうように。

この争いはどうなるのか。店を出たあとの二人のそれぞれの行方、セツ子がどちらに付くのか、それとも一人で帰るのか、元郎には何も分らない。少なくとも細見はセツ子と結婚したがっており、風早には妻子も社会的地位も名もあり、それに傷が付くようなことはするはずもないし、〈オリエンタル〉の上客で終るのだろうか、元郎には見当もつかないことであった。

数日おいて風早代議士が〈オリエンタル〉に顔を出した。細見青年も来ていて、離れた小さなボックスに座を占め、若いヘルパーを相手につまらなそうにビールを飲み、元郎がその席に愛想に行くと、いきなりコップ一杯の水を突きつけ、飲めと言った。立ったまま飲みかけて、元郎は酒と知り、息をついでいなかったので、ついでに飲み干した。飲み終るとぐらっとした。

店は喧燥の極、二度目のストリッパーが踊っていて、店も終りに差しかかっていた。ストリッパーは元郎の尊敬するベティー・丸山で、元郎はフロアーの外れで照明を務めていた。突然ふらふらと細見がフロアーに出て、ベティーの踊りに合わせるように踊りはじめた。背広姿は乱れず、足許が少し揺れていたが、ベティを妨げることはなく、即興ながら即かず離れずに、ステップを合わせていた。

踊りが終ったとき、客も女給も拍手を惜しまなかった。ベティーは細見に握手を求め、小腰をかがめて一礼し、去った。

「上手ねえ」と二、三の女の声が呟いた。

閉店の合図で客が去りはじめた。風早代議士もセツ子に送られて帰った。どこかで待ち合わせしているのかも知れない。バンド・ステージも空になり、ボーイたちが掃除を始めた。酔ってふらふらしていた細見は、だれも取り合わないから、フロアーの辺りをうろついていたが、空いていたピアノの前に坐り、突然弾きはじめた。それはショパンの「ポロネーズ」だった。それが上手なのかどうか、元郎には分らなかったが、しばらく弾いて止め、元郎に寄ってきて握手を求めた。その掌のなかに千円札が折り畳まれて入っていた。

「聴いてくれてありがとう」と言って細見はふらつきながら一人で帰って行った。

四、五日経った新聞の三面記事に、男が女を刺したという事件が報じられていた。男は細見で女はセツ子だった。セツ子は入院したが、幸いに命に別条がないことが分った。逮捕された細見に対しても、セツ子は好意的に物を言い、示談ですませたいと言っていた。それで細見は釈放され、何とか一件落着しそうに思えた。が、細見は家に帰ってまもなく、剃刀で頚動脈を切って自殺した。

セツ子もやがて退院したが、〈オリエンタル〉には戻って来なかった。風早代議士の許に囲われたのか、事件の余波と思い出を避けるために、人の知らないところに去って行ったのかも知れなかった。先の椿の場合は、恋と金ですっきりと囲まれ、物静かな女の身の定めのような哀れがあったが、匂うもののない人形美のセツ子は事件に巻き込まれて、別の哀れに傷つけられた。が、元郎が思いやるのは細見のこと、家柄も教養もあり、不満のない生活が送れるはずなのに、「惚れたが最後」、初めから勝ちみのない恋の鞘当ての終りに、抜身を身に突き刺したのだ。

江坂はユカリとのことがうまく行っているらしく、自信満々で「女には上手に惚れて惚れさせなくちゃ、男の魅力が勝負よ」と言ったが、元郎にはそんなものはなく、ただ影に生き、死に向う男と女の姿がいとおしく思われるだけだ。


秋の夜長、元郎は店のなかでただ一人、寝支度をしてから本を読みにかかった。まずソファーのあいだのテーブルを引き出し、ソファーを二つ合わせて寝床を敷き、テーブルを枕許に置いて電気スタンドを立てた。まともな勉強をする気にはなれないから、ドストエフスキーの「カラマーゾフの兄弟」を読んでいた。父と子の、一人の女をめぐっての争いを、元郎はなぜそうなるか分らずに、それでもぐんぐん引き込まれて読み耽った。

二時間ほど経ったとき、〈オリエンタル〉のガラス戸が激しく叩かれた。慌てて電気スタンドを消そうとしたが、機先を制せられた。

「起きてるんだろ。明りが点いてる。開けてくれ」と見知らぬ男の声が叫んで、さらに扉を連打した。

社長が酔っぱらってでも来たんだろう、逆らえない気になってガラス扉を開けた。恰幅のいい縞の背広を先頭に、若い男と若い女が続いて入って来た。恰幅のいい男が自分の名を名乗った。

「おれは福島という者だが、社長とは友だちでな。話はついてるから、ビールを出してくれ、二、三本。何かつまむものはないか。何でもいい」

一見してやくざ、それも幹部級の男と知れた。若い男は子分で、若い女は親分の情人か？

「でも、夜遅くだし、ぼくが困ります。宿直の責任がありますから」

「いや、大丈夫、明日にでも社長に話しておくから」

元郎は親分の威力に押し返された。不承不承にビールの栓を抜き、グラスを三個並べ、冷蔵庫からハムを出し、切って皿に盛った。

「ありがとうよ」

親分と二人は止まり木に腰掛けてビールを飲みはじめた。元郎は聞かれたくない話もあるのだろうと思い、自分の席に戻って再び「カラーマゾフの兄弟」を読みはじめた。

しばらくすると三人は、元郎の読書の前を通り、鉤の手に曲り、奥の暗いところに行った。元郎の位置から暗がりでの様子がぼんやり見えた。女を寝かせ、若い方が女の腕に注射を打っていた。ヒロポンだな、と元郎は思った。すぐ親分だけ引き返してきて、ふと元郎の読書を覗き、「おお、やってるな」と言った。

「カラマゾーフか、知ってるぞ」と親分は続けて言った。「長老の坊さんが死んで、聖なるはずの亡骸が腐臭を放つという話だ。おれもな、こう見えても慶応に通ってたことがある。どこでどう間違えたか、今や人生の裏街道。学生さん、勉強はできるうちにしておくものだ。裏街道は幅を利かしていても、広い世間に比べりゃ狭いもの、素人さんには分らぬ苦労もある。表がいい。貧乏してもお天道さんは照らしてくれる。心が伸びやかになる。人間、まっとうに生きなきゃならんものぞ。そして勉強しなきゃいかん」

元郎はやくざとは思えない話に少ししんみりして聞いていた。

「おお、そうだ。注射をしてやろう。勉強に精の出る注射だ」

親分は元郎の腕を押えたまま、奥にいる子分を呼んだ。元郎が「結構です」と言って自分の腕を取り戻そうとしたが、親分の腕力はびくともしない。結局元郎はヒロポンを打たれてしまった。

十二月に入ってまもなく、やはり深夜二時頃、〈オリエンタル〉のガラス扉を激しく叩くものがあった。元郎はソファーのベッドに寝ていたが、扉の連打が烈しいので目を覚し、またやくざかと思いながら扉を開けた。開けた途端、やくざでなくてボーイの江坂が、つんのめるように入り込み、ついでのように嘔吐した。吐いたあとで咳き込み、続けてまた吐いた。明りを点けると、床の上に拡がった汚物は紫色をしていた。吐き終ってからしゃがれ声で江坂は言った。

「また自殺しそこなった。これで三度目だがうまくいかないもんだなあ」

そう言い終って江坂は立ったまま震えだした。雨は降っていないのに、江坂のコートは濡れていた。汚物はそのままにして、とりあえずコートを脱がせ、元郎の寝床に寝かせた。震えが激しくなったので、あり合せの掛蒲団を二枚掛け、空の一升瓶二本に湯を詰めてダスターを巻き、湯タンポ代りに体の両側、腰の辺りに抱かせ、洗面器を枕許に置いてその残りを吐かせた。それから床の汚物を掬い、掃き寄せ、拭い取った。

一仕事すんだので江坂の枕許に行き、洗面器を洗って枕許へ戻した。

「どうした。何があった」と元郎は訊いた。

それには答えずに江坂は言った。

「前に失敗してたから、今度はしくじらないようにカルモチン百錠服んでみたが、やっぱりだめだった。どうしてだろう」

元郎でも自殺未遂と聞けば深刻になるが、カルモチン百錠で元気に生きているのを見て阿呆らしくなった。自殺未遂の因はユカリとの衝突、訣別にあるのだろうが、「男の魅力で女を引きつける」と言った大言壮語を思い出し、思わず笑ってしまった。

「何がおかしい」と江坂は不機嫌に言った。「本気で死のうとしたんだぞ」

元郎はうん、うんとうなずきながら、大言壮語のこと、ユカリのことは伏せて言った。

「おまえなあ、カルモチンは効くといっても多すぎても駄目なんだぞ。ものには適量というものがある。あとで適量を調べておくから、今度はうまくやれ」

「ままにならないんだなあ」

「それとなあ、おまえの体力、生命力が強すぎるんだ。当分は何やっても駄目、死ねないよ」

それから江坂はゆっくり泣きだした。

その日の夕方ユカリがいつものように店に顔を出した。江坂のことはまだ何も知らないようで、小泉女史のスナックで腹ごしらえにカレーライスを食べていた。元郎は傍に寄って小声で、昨夜江坂が自殺未遂をしたことを告げた。一瞬ユカリの手が止まり、蒼ざめた顔になってしばらく動かなかったが、やがてゆっくりとスプーンを使い、力を込めて咀嚼しはじめた。

翌日から江坂もユカリも〈オリエンタル〉に姿を見せなくなった。

年明けの仕事始めに、社長が珍しく店に顔を出し、居並ぶ女給を前にして年頭の挨拶をした。社長はもう酔っていたのかどうか、店にこれだけの女がいるのに自分に当てがわれるのが一人もいない、とまともに不満を述べた。女給たちのあいだに無言の、怒りのさざなみが揺れていたが、元郎も呆れて物も言えなかった。さらに社長は続けて、今度の区会議員選挙に自由党公認で立候補するが、ボーイも女給も全員奮闘してもらいたい、とぬけぬけと言った。元郎は冗談じゃないと思った。

〈オリエンタル〉に勤めはじめてからほぼ半年、もう潮時だと思った。辞めれば、学資を稼ぐという目標から逸れることになるが、ボーイの江坂も、女給の椿もマチ子もセツ子もユカリも、それぞれに袖振り合った縁も消えた。酒と女と喧燥の巷から元郎も去ることになる。学の世に戻れるかどうかは分らないが、別れには慣れている。感傷も決意も必要はない。

翌日マネージャーに辞意を告げて仲間に挨拶し、近くの銀行へ寄った。預金の全額を下ろそうとしたら、ほとんど残っていないと言われた。二十万円溜めるつもりが、元の木阿弥になっていた。元郎はがっかりすることもなく、ただ新規蒔き直しだと思った。得たのはろくでもない思い出だけだったが、しばらくは懐しいものになるだろう。

不埒な別れ

一

　渋谷の栄通りに〈ララ〉という小さな喫茶店があった。店の前は広い車道と狭い歩道、街路樹とともに下って来る坂の途中、バラックに薄化粧した家並のなかの一軒、間口は狭く窓飾りもなく、喫茶店〈ララ〉はただコーヒーの香りだけで道行く人を誘うのだが、ほとんど無視されていたようだ。駅からは七、八分、腰を落ちつけるまえに一歩きしなければならぬのも地の不利、戦後はまだ四年、コーヒーの味だけで客を呼べる時代ではなかったから、〈ララ〉はいつも閑散としていた。

　元郎は駒場のT大教養学部の学寮にいた。渋谷に出るのには井ノ頭線で二駅、その乗車賃を惜しんで元郎は歩くことが多い。近道を行けば二十五分ほど歩いて栄通りに出るが、そのときの気分と金の持ち合わせしだいで坂の途中の〈ララ〉に寄ったり、通り過ぎたりする。寄ればコーヒー代が三十円、乗車賃往復十円を節約した意味がなくなるばかりか、余分の出費を重ねることになるが、それで後悔することはない。初めから不足と決った生活では、後悔がいつも先に立っているからだ。

喫茶店〈ララ〉は六坪ほどの小さな店、壁はベニヤ板、床はコンクリート。半間のガラス扉を開けて入った正面にカウンターがあり、その前に四脚の肘掛け椅子（どこからか譲り受けたものであろう）が肩を押し合うように並んでいた。ほかにテーブルが一つ、ほとんど使われることがなく、飾りのように置かれている。

カウンターの背後は壁に据えつけられた箱棚、グラスやコーヒー茶碗、受け皿、スプーン、コーヒー缶がそれぞれ半ダースほど並んでいる。空いたところには夫婦こけし、早乙女人形、招き猫、いずれも掌に入るような小さなものばかりでほかに器具らしいものは何もない。店をやっているのは引揚者だという四十代の夫婦である。

日頃は無口な夫がマスターで、年来のバーテンダーか俄仕込みの器用商売か、入れるコーヒーは片ネルを使ってのドロップ式だ。それも豆はブラジル・サントスの一点だけ、ブレンドもなく、紅茶もジュースもない。カウンターの端ではその妻が息を殺して、夫の名人気質を見守る気配。

目の前に出されたコーヒーを、元郎は砂糖もクリームも入れず、香りを嗅いでから一口含め、舌に湿して飲んだ。

「どうです、味は」とマスターは待っていたとばかり問うた。

「苦い」と元郎は正直に答えた。

「そうでしょう、苦いでしょう」とマスターは予期していたというように言った。「生《き》というものは純粋で当りが強すぎるのです。舌にも胃にも良い刺戟とは言えません。テーブル・クッキングとは違いますが、砂糖やクリームの配分で味を和らげるのです。純粋の味を人間の味に優しく変えるといいますか、調和ですね。ブラックを好むのが通のように言われていますが、あれは乱暴な勘違いです」

元郎はマスターの言葉を素直に聞いて、さっそく実行した。調整の量は分らないので、試みに砂糖はスプーン半杯、クリームは三分の一入れた。掻き回して飲んでみると、打撃のようなコーヒーの苦みが緩和され、まろやかな味に変っていた。

「ああ、本当だ、おいしい」と元郎は率直に感心して言った。

「おいしいでしょう」とマスターは我が意を得たように答えた。「あとは調整の量を、そのときの気分で変えてみること、その一種として、激しい気持の日にはブラックもいいかも知れません。画一的でなく、その日の味を選ぶことも楽しみの一つになります。温度は入れるときが九十度の適温、それからお客さんの前に出されて少しずつ冷めますから、なるべく冷めないうちにというのがもう一つの心得。いったん冷めたのを温め直すというのは駄目です。

味の要素が分解してしまっていますから。お茶の出しがらと同じです」

元郎は感心しながら聞いていたが、無口という割にはよくしゃべるな、と思った。コーヒーの話になると、つい夢中になるのかもしれない。だとすると、元専門家ではなく、コーヒー通の趣味人だったのだろう。

「ぼくは東京ではブラックでないと恰好がつかないと思っていました」と元郎はおもねるように言った。

「ああ、都会のインテリふうね。世の中には半テリが多いから」とマスターはシニカルに答えた。

元郎は自分のことを言われたような気がしたが、反発できなかった。学生証は持っているが何も学ぼうとしない大学生、知識の断片をさかなに焼酎を飲むだけの半テリやくざ、何もないのに生きている。コーヒーを飲みながら心うつろな一瞬、日頃そんな気振りもないのに、ふと短歌が一首浮かんだ。「アラブふうのコーヒーの香の懐しき、街路樹の蔭の遠き恋の日」

終戦後の一冬を過して、新しい初夏を迎えた大連では、いくらか落ち着いた街のたたずまいのなかに、アカシア並木が白い花を咲かせていた。いっときのソ連兵の乱暴狼籍も、昼間は影をひそめた。繁華街では商店も開かれ、女たちの姿も行き交うようになっていた。が、引揚げの噂はぼつぼつあっても、その実現はまだ信じられなかった。

元郎はなすこともないまま、劇団〈青春座〉に身を置き、舞台に出ることはなく、もっぱらチラシの配布、ポスター貼り、道具方の走り使いをしていた。十九歳だった。その日の雑用を終え、歩けば三十分ほどの距離を電車には乗らず、元郎は急ぐことなく家路についていた。

家の近くになって元郎は小学校の裏塀に差しかかっていた。塀のなかのアカシアの香りを浴びながらそぞろ歩いていると、後ろに小さな足音がして女が追いつき、香りを掻き混ぜながら過ぎて行った。絣のもんぺ上下を着た若い後ろ姿だった。

突然、前の方で女の足が止った。塀の蔭からソ連兵が現われたのだ。どうなるのか、と元郎は思った。「みか子さん」と呼びかけながら小走りに近寄って二人の間に割り込んだ。女の顔を見て目顔で知らせながら元郎はことさらに明るく言った。

「みか子さん、待っていたのですよ」

それから若いソ連兵の方を振り向き、通じるかどうかは分らないけれど、女を指差して片言のちゃんぽんで言った。

「マイネ、リーベ。ハラショー?」

おれの恋人だがいい女だろと、行ってもいいかを掛けたつもりだった。相手の反応を確かめる余裕はなく、元郎は女の肩に手を掛けて促し、その場を離れた。女も察して元郎に身を寄せ、腕を組ませて恋人のように歩いた。背後にソ連兵の気配が感じられなくなっても、女は用心のためか、組んだ腕を解こうとしなかった。

一軒の家の前で立ち止まり、女は「ここですの」と言った。腕と身を放し、女は向い合う姿勢になって頭を下げた。

「危ないところを助けていただき、ありがとうございました」

助けるというほどのことをしていなかったが、それでも元郎は冷汗をかいていた。黙ってお辞儀をして帰ろうとしたとき、女が引き止めた。

「わたしのこと、どうしてみか子さんと呼んだのですか」

「別に……とっさに出ただけのことです」

「でも、何かあるでしょう」

「強いて言えば、百人一首の……」

「ああ、みかのはらわきてながるるいづみがわ、のあれですのね」

「ええ、まあ」

女に先を越され、元郎は驚くとともに鼻白んだ。

「ちょっと寄っていただけません？　姉からもお礼を申し上げたいと思いますから」

元郎は「この次に」と言って丁寧に一礼して去った。

その後元郎はときどきみか子の部屋を訪ねた。一軒の家に三家族が住み、みか子姉妹はそのうちの一部屋に暮していた。みか子は本名ではなかったが、その縁に因んでその名で通すことにした。みか子は繁華街の旧百貨店（今は依託販売の店）に勤めていたから、昼間は会うことができず、休日は何かと家の仕事があり、夕食後を訪ねるしかなかった。そのときはいつも病身がちだという姉が同席していた。

話はあまりはずむことがなかった。お互いに過去のことは何となく避けたいし、先のことは何も見えなかったから。ただ、姉妹だけの部屋に本箱があり、文学書が並んでいるのが目についた。それはその時勢では思いがけない贅沢であり、姉妹の育ちを忍ばせるものであったが、乏しい会話の種にもなった。初めてのときみか子が口にした「いづみきとてかこひしかるらん」というのも、その本箱から生れたものであったろう。

元郎はこれという特別のきっかけもなしに、みか子が好きになった。何げない仕種、物言いが積み重なって、それが慕情というものだろうか、元郎の身内に入り、心の隅々にまで行き渡って、静かにやがて激しく燃え立ちはじめた。

気持が抑えきれなくなって、元郎はあとさきを考えるゆとりもなく、みか子に恋文を渡した。折り返し「同じ気持です」という返事が来た。元郎は有頂天になった。「おお、ロッテよ……この世を動かす大いなる力を、怪しくも……」とゲーテの言葉を思い出して、胸の内で叫んだ。日々の粟雑炊、ボロ服の現実を忘れ、引揚げによる別れを意に介せず、結婚しようとみか子に訴えた。みか子も同意したが、それまでは清い仲でいたいと付け加えた。

もちろんだ、と元郎は答えた。自分たちの愛は高いものでなければならない。肉の交りはもちろん、官能の充足さえも否定しなければならぬ、と。けれども、元郎はひそかにみか子の白い体を想像することがあった。それを打ち消すために、元郎は観念上の純粋と高潔を求めた。

引揚げが始まり、元郎とみか子は手を握ることさえなくて、それぞれの日本の郷里に帰り、一時の別れを迎えることになった。新しい郷里に落ち着くと元郎はすぐに手紙を出したが、みか子からの返事はなかった。彼女に何が起ったのか、何が変ったのかと心配しても梨のつぶて、いたずらに自問自答を繰り返すほかなかった。

あんなに誓い交した愛、言葉だけでは足りなかったというのか。人の心はままならぬのか。肉の交りをかすがいにしなければ、「心」はころころして「必」ずにならないのか。元郎はしだいに懐疑の落とし穴に落ち込んで行った。

二

喫茶店〈ララ〉は翌年の秋、同じ渋谷でも駅に近い柳小路に移転した。今度は二室、入口を入ったところに半円形のカウンターを持つ一室、小廊下を通って奥にもう一部屋、壁に沿ったテーブルが口の端の欠けた口の字形に向っていて、十数人は坐れるだろう。

一年余でどんな細工をしたのか。愛想がいいとはいえない引揚者夫婦が、前の閑散とした店で、知らぬ間に利潤を積み上げていたのだ。やはり味が客を呼んだのであろうか。ベニヤ板もコンクリート床も消え、新しい店はコーヒー各種、紅茶、ジュース、サンドウィッチまで加えて、並以上の雰囲気を備えていた。

カウンターのなかに蝶ネクタイのマスター、外には和服におっとりと控えた妻、揃いのコーヒー色のエプロンを掛け、愛想は控えがちながら、満ち足りた表情を浮べていた。もう一人二十歳前の若い娘が雇われていた。奥の部屋には茶器と飲みものを運ばねばならなかったからだ。

この店では奥の部屋に坐ると、コーヒーの入った茶碗が受け皿、スプーン付きで運ばれるのでなく、まず茶器その他が用意され、あとからウエイトレスが瀬戸引きのポットでコーヒーを運び、客の目の前で注ぐというやり方をしていた。たぶん、小廊下を運ぶ途中コーヒーがこぼれて受け皿を汚すのを避けるためだったろう。

が、それが客に受けていた。まずコーヒー茶碗の内側の白が見えていて、縁に触ると温かく、やがてコーヒー・ポットが来て、茶碗に注がれ、少しずつ白を隠す。どの線まで行くかなと見守るのも他愛のない興味だった。若いウエイトレスの手加減で、手前勝手な好意を計ろうとする寸意も動く。

元郎は前よりも多く〈ララ〉へ通うようになった。寮で同室の大迫や浜田や土方を誘ってみたが、彼らは焼酎一点張りの口で、コーヒーに興味を示そうとはしなかった。可愛いい子が入ったと言っても、一向に振り向こうとはしない。仕方なく元郎はコーヒーをさて措いて彼らの焼酎と付き合うのだが、酒は酒なりでそれぞれに志す文学の話を交わすのでもなかった。

ある日、元郎は〈ララ〉の奥の部屋にいて、コーヒーを待ちながら、宮本百合子の文庫本「貧しき人々の群」を読んでいた。待つほどもなく彼女は瀬戸引きのポットを持って現われ、元郎のコーヒー茶碗に注いだ。ポットは低くから始まり、リズミカルに高くなってまた下がり、終息した。心持ちコーヒーの表面の位置がカップの縁に近く止まった。ほかに客もいなかったからと思ったが、彼女の気持の高さのような気もした。

彼女は身を返す素振りで片足だけ行きかけ、斜めに元郎の手許の文庫本に目をやって訊いた。元郎は黙ってその表紙を示した。

「ああ、宮本百合子、わたしも好きです」

「貸して上げましょうか」

「え、いいの？」

「どうぞ」

嬉しそうにして彼女は、コーヒー色のエプロンのポケットに文庫本を納めた。一人になって元郎は一入うまいコーヒーを飲み、手ぶらのまま名も知らぬウエイトレスの生い立ちを空想しはじめた。

何日か経って奥の部屋でコーヒーを待っていると、その日も客はいなかったが、彼女はコーヒー・ポットを持って現われ、茶碗の縁近くなみなみと注ぎ、文庫本の「貧しき人々の群」を返した。

「どうでした」

「よかったわ」

彼女は立ち止まったまま思い返す様子で、去ろうとしなかった。その間を埋めるように元郎は言った。

「次の日曜日、映画へ行きませんか」

「連れて行って下さるの？ 嬉しい」

新しい客が入って来るのを怖れて、元郎は何の映画を観るとも相談せず、会う場所と時間だけ決め、慌ただしく彼女を去らせた。


意外にスムースに進んだランデ・ヴーの約束、寮の部屋に帰っても心ほのぼの、折から在室していた浜田に話し、どこの映画がいいかを相談した。浜田は〈ララ〉の女かと言って笑顔で受け、真面目に相談に乗ってくれ、銀座〈全線座〉で「大いなる幻影」をやっている、去年の封切りだが、ジャン・ギャバン主役のいい映画だから行って見ろよ、と千円を貸してくれた。

約束の日曜日ハチ公の前で会って、二人はろくに挨拶もせず、急ぐように地下鉄に乗り込んだ。並んで坐ってから、元郎は名を名乗った。

「ぼく、宇高元郎です」

「わたし、星妙子です」

ああ、星といえば相馬黒光の旧姓、同じ仙台の出かなと思ったが、知ったかぶりをするようなので口には出さなかった。

「きれいな名前ですね」と元郎は言った。

「少女歌劇の芸名みたいでしょう。でも本名です」

地下鉄が動き出すときは話も通じたけれど、全速力の轟音になると声も耳も潰され、会話にはならなかった。声が届くためには口を寄せて呼ばねばならず、めったに歯を磨かない元郎は急に口臭が気になり、妙子の耳許に近寄れなかった。洗わない頭髪も気になった。

映画館では、轟音はなくなっていたが、静けさのなかに自分の臭いが拡がって行きそうに思え、目は画面を見ているのに、ストーリーの展開はつかめなかった。ただ、捕虜たちの合唱、脱走したギャバンの一人歌い、「それは小さな航海、だれも試してみたことのない旅、オエ、オエー」を、自分と妙子の初めての逢瀬に重ねて聞いていた。

映画を見終って外に出たが、元郎は妙子をどこへ連れて行けばいいのか分らない。日頃コーヒーを運んでいる妙子を、何だか変だと思いながら喫茶店へ連れて行った。席に着いてから妙子は妙と思わず、黙って顔を紅潮させている。赤いりんごのような頬の上に黒い瞳、少し上気して星が光っているようだ。コーヒーを飲みながら元郎は言った。

「映画、どうだった」

「よかったわ、女の人の青い目がきれいだった」

「ああ、ブラウエス、アウゲ。女が男にそう教えたね」

「雪山を越えて脱走したフランス兵とドイツの女、恋が戦争を越えたのだわ」

元郎は黙して深くうなずいた。


年が明けて寒い夜、仲間の四人は乏しい金をはたいて焼酎を飲んだ。酔って屋台を離れ、浜田が先頭に立って小走りに走り出した。あとを追うと、浜田は花屋に寄って最後の十円でバラを一輪買った。三人がそれに習い、また浜田を追った。

浜田は先頭に立って〈ララ〉に入った。二番目に入りながら元郎はしまったと思った。妙子に渡すバラは自分のでなければならないのに、浜田に先を越されたと思ったのだ。閉店間近の〈ララ〉には客の姿がなく、カウンターの内と外にマスター夫婦と妙子が寄って片付けをしていた。

浜田はバラ一輪をかざしながら妙子を素通りしてママに渡した。浜田に感謝しながら、しかし、元郎は当然のような顔をして妙子に渡した。続いて大迫がマスターに渡し、最後に残った土方はバラの行き場がなく、一輪を胸に抱いて室内をうろうろしていた。

酔いに乗じての思い付きだったが、マスターは喜び、四人をカウンターの椅子に坐らせて、コーヒーを一杯ずつ奢ってくれた。妙子は瀬戸引きのポットで順に注いで回ったが、元郎の顔はわざと避けていた。マスターがにこにこしながら、四人を見回して言った。

「みなさんはもう本郷の学部の方へ決ったのですか」

「ええ、ぼくは国文科。ほかの三人は成績が悪いので、まだ決らずに困っています。〈ララ〉で雇ってやってくれませんか」と大迫は真面目くさった様子で言った。

「まあ、それは冗談として……」とマスターが言いかけたとき、突然浜田がコーヒーの上に顔を落としたまま呟いた。

「小さいひとつの魂は、いたずらに翔ぶ蛾のように、陽炎のなか、空高くのびあがる、沈黙のなかに、たとい、白く、死にたえるものだとしても……」

みんながしいんと聞き入った。浜田の声が跡切れたとき、大迫が説明を付けた。

「浜田は詩人です。純粋な魂は恋人がなくて不幸です。だから、詩を書きます。あとの三人は何もなくて、不幸かどうかも分らないのです。それでもまあ、何とかやるでしょう。ご馳走さまでした」

大迫が立つと、あとの三人も一礼して外へ出た。

三

四月に元郎たちは本郷の学舎に身柄が移った。元郎と大迫は文学部国文学科、浜田は美学、土方は何を思ったか教育学部に進んだ。単位を取るのに楽だろうと考えたのか。土方には女ができていて同棲し、腰を据えて小説を書く気になっているようだ。駒場の寮を追い出されて好都合だったのかも知れない。

教養学部を修了したものはみな退寮しなければならないが、大迫は都内の自分の家に帰り、浜田は下宿、元郎は旧江戸城内廓の田安門を入ったところにある学生会館に入居した。木造二階建の安普請で、居室の壁も床も板、ベッドは上下重ねの二組、合計四ベッド、都内の各大学の学生が集まり、夜は賑やかだった。食堂も、前の寮食と変らず安くて、元郎は大いに助かった。

学生会館は九段坂の中程にあり、田安門を出ると壕、壕のついでに電車通りを渡ると、左手の一廓が靖国神社だった。元郎は大学に通うのに都電の定期を買い、九段下から乗って須田町で乗り換え、T大正門前で降りた。乗り換えは無料で、一月の定期券は三百円だった。ちょうど奨学金が千八百円から二千百円に上ったから、差し引きゼロだった。

九段下から駿河台下まで都電通りの右側が主に古本屋の街、その中程神保町の角に岩波書店があり、その裏、すずらん通りを挟んで喫茶店〈ユッカ〉があった。すずらん通りを少し行くと書肆冨山房、その一廓に鹿児島焼酎の居酒屋〈兵六〉。歩いて行く分には何ほどのこともないが、都電に乗って車掌の呼び声を聞いていると、神保町が「びんぼうちょう」と聞えて心悲しい気分になった。

学びの場が変ると遊びの場が変り、恋の場が変る。元郎はたまに懐しさもあって渋谷の〈ララ〉に通ったが、〈ララ〉は近くに場所を変えて、二階建の大きな喫茶店になっていた。たえず商売人、サラリーマン、学生たちが出入りし、用談、雑談、待ち合わせの場所となり、コーヒーの店とはいうものの、コーヒーはもはや数ある飲み物の一種にすぎず、その味と雰囲気を楽しむ店ではなくなっていた。

だから、前のマスター夫婦は偉くなって顔を出さず、代って若い妙子が、大きなカウンターの中央に位置して、数人の男女店員に指示を与えていた。妙子は新制高校を卒業してまだ二年、二十歳だった。

元郎は〈ララ〉に来ても、落ち着いてコーヒーを飲める気分にはなれず、部屋は広いが、細かく分けられた椅子席にすし詰めに押し込まれ、コーヒーの味はがた落ち、周囲の他の客の話が喧しいだけで、本を読んで空想する気分にもなれなかった。妙子とは通りすがりにちらりと目を合わせるだけで、立ち話もできず、デートの打ち合わせをする時間もなかった。

考えてみれば元郎は、昨年の秋の最初のランデ・ヴーに妙子と映画を見たまま、あれから半年になるのに、二、三度しか会っていなかった。可憐なとばかり見ていた妙子の、かいがいしく働く姿を見て新たな魅力を覚え、会いたいと思った。手帳を破って新住所と「会イタシ、ヘンマツ」と電報ふうに書いて、帰りに渡した。

梅雨に入る頃、元郎は文学部の地下食堂で皿洗いをしていた。見栄を張る気はもともとなかったが、知的要素のまったくない水場の仕事は手に冷たく辛かったけれど、給料のほかに一食もらえるので助かった。その金でバラ売りのピースも買えたし、コーヒーも焼酎も飲めた。その余で食事をした。合理的に暮そうとはつゆ思わなかった。

その合間に授業に少しは出たが、国文科にいるのに国文の近世以前の講義には出ず、他学科の「英文学思潮」を聴講した。ただ近代日本文学のゼミには率先して出て、大迫と二人、まるで鬱のあとの躁のようにしゃべりまくった。何回目かのゼミに、元郎は臆することなく国木田独歩「少年の悲哀」を選んで報告し、傍若無人に語った。担当教授の評は、「宇高くんの報告は威勢がいいですね」だった。

元郎には学も評もなかった。独歩の作についても好悪はあったけれど、知識や研究はなかった。ただ独歩の作を借りて自分を語り、その恥しさを捨てることのできる暴勇があっただけだ。とりあえずは、同じ学生が汚した皿を洗う水仕事があった。食べる皿と洗う皿とのアンバランス、それをどこかで正しておこうとする小さな意志があった。その意志に押されて、物を言うとき、右も左も見ず、自分がどう見られるかを思わず、後悔を覚悟して自分を語るのだった。教授の言う「威勢がいいですね」は当らず、水仕事の水しぶきにすぎなかった。

夏休みに入って、元郎は「受験教室」の講師になった。その受験企画はよその大学の教室を借りて、中学生、高校生を集めて前後三週間の授業をするというもので、元郎は中学生の国語を担当した。皿洗いよりは分がいいが、この企画の立案および責任を持つもの、すなわち社長も学生と知って驚いた。元郎もその日を暮すのに、いいかげんではあるが苦労し、稼ぎを求めているのに、その学生社長は生活には困らないのに、小さな事業欲というのか、人を使って稼ぐことに意欲を燃やしているのだ。企画立案の面白さはあるだろうが、帰するところは金儲け、貧すれば鈍するというが、儲けすぎても卑しくなるのではないだろうか。

元郎は授業に出るのに着るものに困った。皿洗いは裏の仕事だから見てくれは構わないが、講師となれば黒板の前に立ち、衆目を集めてしゃべらなければならない。幸いに暑いときだから、黒いズボンに白シャツ一枚でよいが、まっ白に洗ってはあってもシャツの両肩が破れ、毛羽立っている。が、ほかに手がないので、そのままで出ることにした。

初めのうちこそ中学生たちはおとなしくしているが、やがて騒ぎ出す。何日かして頃合と見たのか、一人の男の子が下町の子らしい率直さで言う。

「先生のシャツ、肩のところ破れてるよ。彼女いないのかなあ」

元郎は苦笑するが、別に慌てない。綻びは汚れとは違うからだ。その隣に坐っていた健康そうな女の子が、分け知り顔に答える。

「独り者って、そんなこと気にしないのよ」

みんなが半分納得したように曖昧にうなずく。それで授業は無事平生に戻る。好きでもない授業を続けながら、元郎は中学生たちが好きになる。率直で、茶目で、明るい。その年頃元郎もまた人間が好きだった。

その夜気持が上向きになって、元郎は学生会館の自室で久しぶりに、原稿用紙を枕許に重ねた。心を静めて一つの顔が浮かんでくるのを待つ。初めに出てくるのは妙子。みるみるうちに妙子の顔は拡がって、元郎の想の世界を満たしてしまう。しかも厚みがあって匂いがして、目が光る。その現実感と等量の像は完璧で、元郎の想像力の付け入る隙がない。それに、自分に付きすぎて、語ることが実際を追いかけることになってしまう。次に大連でのみか子を呼び出すが、六年間の霧にぼやけて顔がはっきりしない。

元郎は立ち上って、妙子の像を霧散させるように、頭を振って室内を歩き回る。試みに妙子を非現実にしてみようとするが、それも無理だ。思いあまって元郎は一度部屋を出ることにする。が、実際には出ないで、ドアを開け、音を立てて閉める。その途端に妙子の実像が消えて空白、その片隅に思ってもみなかった椿の小柄な和服姿が、突然小さく浮かび上る。

ああ、椿。バーで女給をしていたが、客に引かされて囲いものになった、影の薄い女。元郎はそのバーでボーイをしていて知り合い、「囲いもの」の家を一度だけ訪ねたことがある。あれから一年、二度と会うこともなく過ぎたが、どうしているのか。まだ「囲いもの」のままでいるのだろうか。

想の空間のなかで椿は名刺型の写真位の大きさで動かず、声も表情もなく安定していた。その周りに想像の糸を巡らし、元郎は自由に物語の網を張った。元郎は蜘蛛になり、網の中央に自分を置いて、小さな椿を眺めた。椿を見ていると、見ている自分が意識された。途端に物語が動き出した。一週間で「椿さんのこと」を書いた。

性懲りもなく「椿さんのこと」を小説家の藤平耿介に見てもらいに行った。耿介は手術の予後も順調で、退院して真子と二人で荻窪のマンションにいた。訪ねると、客が来ていてマージャンをしているらしく、耿介は他人の小説を読むどころではなかった。しばらく居間で待っていたら、顔見知りの大石代助がマージャンの場から出て来た。すっからかんに負け、退散して来たのであろう。不機嫌な顔だった。

待ちくたびれていた元郎は、その大石に「椿さんのこと」を見せたのだ。大石は今はあまり売れないとはいえ、太宰治の弟子と言われる新進気鋭、不機嫌でも作品を読んでくれと頼まれたら、丁寧に読む。だが、その後で吐き捨てるように一言だけ言った。

「おまえねえ、小説というのは自分を書くことだよ。絵空事を書いて何になる」

元郎は前より少しはましなつもりでいたから、大石の言葉に不満だった。が、口には出せないで、胸の内で反論した。自分のことなんか今さら言われたくない、こっちだって少しは勉強してるんだから、私小説なんかとっくに越えたつもりだよ。だが、大石はそれ以上何も言わず、だれにも挨拶をしないで帰って行った。

少し後れて、元郎は耿介に会わずじまいで、会館へ戻った。近くの銭湯に行って汗を流し、さっぱりした気分になって宵風に涼みながら濠のほとりを行き、千鳥ケ渕公園に寄った。頭の中も洗われていて、今日大石に言われたことを考えた。冷静に練り直してみたら、大石が「自分を書くこと」というのは、私小説を指しているのではないと分った。自分を書くとは身辺雑記や色恋事件を書くのではなく、「自分を」であり、未熟ながらも二十四歳を生きて来た証、その未来を含む可能性の生、社会と歴史にかかわって生きるトータル・ライフ、つまりは思想というものであろう。

四

秋が来た。日本の歌人は「風の音にぞ驚かれぬる」と言い、フランスの詩人は「生きねばならぬ」と言う。季節の推移か人生の決意か、ともあれ元郎は恋をせねばならぬ。元郎は赤電話から〈ララ〉に電話を入れた。雑音のなかで入れ替って妙子が出た。

「もしもし、星です」

「ああ、黒い瞳の妙子さん」

「宇高さんですね」

「会いたい」

しばらく沈黙していたが、すぐに落ち着いた声になって妙子は言った。

「明後日、伺います」

「どこへ、何時」

「午後三時、会館へ」

忙しいのであろう、妙子は単語を並べたような返事をして、気持は優しく電話を切った。はっきりした答なので元郎は満足した。それにしても男ばかりの館、学生会館へ一人で妙子が出かけて来るという。電話では長話はしておれないし、傍の耳も気になっていて、とっさに会いたい気持が高ぶり、信頼に向って動いたのだろう。元郎にはそれが嬉しかった。

約束の日、妙子は時間を守って訪ねて来た。同室の三人の学生は出払っていて、元郎一人が待っていた。板の廊下に小さな靴音を立てて、木のドアを忍ぶように叩き、ブルーのワンピースを着て妙子は現われた。

「やあ、いらっしゃい。あのときのブルーだね」と元郎は映画「大いなる幻影」の青い瞳を思い出しながら言った。

妙子ははにかみながら笑って、元郎の方へ近づき、珍しそうに部屋のなかを見回した。日々をそこで送っている元郎には何もない部屋だが、妙子には男ばかりの暮し、何もないので驚いたのかも知れない。窓にカーテンがなく、床には椅子も机もなく、壁にしつらえられた棚に一列の本があるだけだ。

万年床は乱れていたが、ほかに坐るところがないので、ベッドの掛け蒲団を押しのけ、元郎はまず自分が腰掛け、そこが安全であることを示し、妙子を誘って横に坐らせた。同じ学生でも隣の部屋へ行けば、机も茶道具の備えもあり、山小屋のようなことはないのだが、ベッド以外は私費でまかなわなければならないので、余分の稼ぎをするよりはと、元郎は無の生活を選んだ。

日頃はそれで何不自由なく、別に悩むこともないが、初めての外来客、ブルーのワンピースに身を包んだ妙子を傍に置くと、何やらアンバランスで落ち着かなくなる。

「お茶飲みに行こう」と元郎は立ち上り、妙子を促した。

田安門のだらだら坂を降り、靖国通りに入って古本屋街を歩いた。妙子は飾り窓に寄って、ガラス越しに覗き込もうとした。全集があり叢書があり、和閉じの冊子があった。その隅に、むろん古本だが、坂本浩の著書『国木田独歩』と斎藤弔花の『独歩とその周囲』が並んで立てられていた。それを指差して元郎は妙子に嬉しそうに言った。

「これ、ぼくが売った本」

裏通りのすずらん通りを通って喫茶店〈ユッカ〉に入った。コーヒーを前にして落ち着いたとき、妙子が思いがけない相談を持ちかけてきた。縁談か、と元郎は一瞬ひやりとしたが、そうではなかった。

「あたしドレメに行こうかと思っているの」

「あの洋裁学校だね」

「ララでは大事にしてもらっているから、辞めるとは言い出せないけど、先に希望は持てないし、二、三年後れたけれど、洋裁の勉強をやり直したいの」

「ああ、偉いなあ」と元郎は感心して呟いた。まだ二十歳になったばかりの身で、収入や義理に縛られることなく、妙子は自分の理にかなった生き方を作ろうとしているのだ。女の志である。元郎は妙子と道は違うが、二人の志を重ねてみたいと思った。青い服の女を抱きしめたいと思った。

秋の宵は暮れるに早く、窓から見えるすずらん灯の光が輝きを増していた。〈ユッカ〉を出て九段下に戻り、靖国神社の塀に沿って上り、大村益次郎の銅像のところから中へ入った。月は一時どこかに隠れていたが、満天の星であった。暗い社殿に向って、元郎と妙子は並んで一礼した。

銅像を一回りして鳥居の方に降りながら、二人は大きな桜の木の許に止り、光の裏側の幹に身を持たせ、唇を重ねた。強く吸うと妙子の体は崩れ落ちそうになった。その体をしゃんと起し、腕を組み直して桜の幹の周りを、光を浴び影に消えなどして回った。妙子が立ち止まって言った。

「今夜のこと、母に話してもいいですか」

「むろん、いいよ」

母が娘を縛るのでなく、娘が母を慮っている様子が自然に伺われ、唇の残り香とともに、今宵良いものを得たと、元郎はしみじみと思うのだった。

三日ほどして妙子の姉が会いに来た。事前に妙子からの連絡があったから驚くことはなかった。喫茶店〈ユッカ〉で向き合って話をした。妙子の姉はあまり妙子と似ていなかった。勤めを持っているのだろう、しっかりした気性の持主に見えた。あるいは、母代りということで緊張していたのかも知れない。

単刀直入に姉は言った。

「妹とどういうつもりでお付き合いしているのですか」

「結婚を前提にと考えています」

それに続く言葉を姉は用意していたらしいが、何も言わずにほっと息を吐いた。

「妹のことよろしくお願いします」

「ああ、こちらこそ……」と元郎は落ち着いて答えた。

姉は大任を果したという様子で、伝票を素早くつかんで払いをし、表に出た。元郎と姉はすずらん灯の下でお辞儀をして別れた。

それからは見るみる妙子の様子が打ち解けてきた。靖国神社の桜の幹に沿っての接吻にも迷いがなくなった。妙子は〈ララ〉の勤めを辞して、ドレメに通い出した。その積極的な姿勢に煽られてか、元郎も卒業論文の準備にかかりはじめた。金がないから乏しい資料しか集められなかったが、家からの若干の援助を得て杉並の中通というところに下宿した。相変らず調度品のない、本箱も机もない生活で、本は畳の隅に積み重ねているだけ、六畳の部屋が広々と見えた。

月の初めに配給の米と等量の麦を買い、釜で炊いて沢庵を菜に食べた。初めは米と麦を七分三分で食べたが、どうしても麦が残るので、終りの方は純粋の麦飯になった。食欲は普通にあった。

ときどき妙子が遊びに来た。その危険を元郎は何度か注意したが、「結婚を前提に」というのが警戒心を解いていたのか、ときには自ら進んで接吻を求めることがあった。

「おれは危ない男だよ」と元郎が言っても妙子は問題にしなかった。女も解き放たれようとしているのか。

外で会う分には、他人の目や風景の目があり、元郎自身にも自制心が働くのだが、男は男、抑制の利かなくなった性の欲望は何を仕出かすか分らなかった。せめての頼みは欲望の小さいことだ。

戦時中の学生仲間、先輩から「処女を犯すなかれ」と言われ、奔馬のような性の欲望は遊里に流すよう教えられていたから、元郎はその言葉を頼りに、ときには実行して、日頃の鬱屈を解き放していた。大連でのみか子の場合でも指一本触れることはなく、結婚の約束と清い付き合いに縛られて、愛の小理窟を投げ合い、性の衝動を殺すことが誠実と考えていた。それは偽りの多い自己満足、内心では皮膚の接触、肉の弾力、恥部の合一をどんなに待ち焦がれていたか。その一端が得られていたら、元郎はどんなに優しくなれていただろう。

元郎は妙子の姉に告げたように、「結婚を前提に」と妙子のことを真面目に考えていた。そこに嘘偽りの気持はなかったが、一方で元郎には「性交を前提に」という気持があった。順序で言えばどちらが先でもよかったが、結婚はいくらでも待てたが、性の欲求はあまり待てそうになかった。

それに元郎は、だれに教えられたか、恋愛、結婚、幸福という「三位一体説」が、その理論も経験もないくせに、どうも気に食わないと日頃から考えていた。特に、その幸福という締め括りが性に合わなかった。それもつまりは、性を先にというよりは、性を今という合理化にすぎなかったかも知れない。

元郎は今、妙子が「結婚を前提に」以来、元郎に対して無警戒になっていることを知り、自分が危ないなと思い、危なさを許す気になりはじめていた。そして、観念によるタブーが薄れ、生身の欲望が芽を吹きはじめていた。危うさは求める方へ転がるだろう。

　ある日、妙子が元郎の下宿に遊びに来て、自分をも相手をも許すような上手な接吻をした。許されて歓びは熱をおび､元郎は自分の理性がよろめき､性の火が燃えついたのを知った。もう止らないなと思った。元郎は接吻を返し、唇を合わせたまま、空いた手を妙子の胸の豊かな乳房にそっと置いた。そしてゆっくり妙子の体を後に倒し、掌を乳房に被せ、蓋のようして押えた。妙子は少し抗い、身悶したが、すぐに動かなくなった。

が、元郎が手を滑らせて腰に触れ、一閃して内股に指を伸ばすと、妙子は慌てて起き上ろうとした。元郎が体で妙子を抑え込んだ。妙子は自由にならぬ体を腰だけずらせ、自分の手で元郎の指を食い止めようとした。その間妙子は一言も、その余裕がないとでもいうように口にしなかった。

　声のない攻防はしばらく続き、攻めが勝ちそうになったとき、元郎はふと妙子の黒い瞳を見た。それは、悲しげというよりは途惑っているようで、誘うように訴えるように、ちらちらと小さな火を上げていた。それは奥の奥で怪しく光るけものの目だった。それを見て元郎のけものの心は瓦解した。元郎は欲望には純一になれても、欲望の行為に自然に移行できなかったから。

　冷静になった分別を取り戻し、元郎は自分の手を放し、妙子を抱き起した。妙子はスカートの乱れを直して膝を揃え、顔を上げたまま目許を赤くしていた。姿形は整っていたが、妙子の顔は上気し、黒い瞳は湿って輝き、底深く燃えるけものの光をいつまでも湛えていた。

一週間毎日考えて何も分らなくなり、元郎は妙子に一通の手紙を送った。なかには原稿用紙一枚に一行、「ぼくは悪い男でした」とだけ書いた。気持に決着が付いているわけではないから、迷いはいつまでも続きそうだった。で、迷いを終わらせるために投函した。それから自分は卑劣だと思った。悪い男だったからではない。元郎と妙子の、予期された突発事、しかも事を全うせず、事の有様を知らず、意味を考えず、妙子の瞳に狼狽して、事の修復を思わなかった罪、けものの心と目で二人とも自失した愚行のゆえだ。

元郎は今でも結婚の約を破るつもりはない。妙子の生娘の初々しさを見失ってもいない。だが、暴挙に近い性の交りを、「結婚を前提に」するからこそ、今欲しいのだ。妙子の処女性の壁もやがて慣れて破れる。結婚の式が終れば、天下晴れて寿がれる。元郎は我が侭と言われても、順序を踏むのが嫌なのだ。結婚して新床に臨むより、青空の下の野合が望ましい。雄と雌の一対一、だれからも祝われず、スピーチもなしで、危なさと責任、何よりも快楽でもって人間の一歩を踏み出す。それが無茶か、無責任か。

元郎が卑劣であったのは、一通、一行の手紙で、自分の判断を避けて、妙子に下駄を預けたことにあった。

恋の傲り

一

一巡りした秋、妙子とは不埒な別れをしたきりで会わず、元郎は下宿に篭って卒業論文に取りかかっていた。卒論は「国木田独歩論」。年の暮れが締め切りなので、あと二ヶ月しかなかった。焦ってはいたが、日頃の怠惰の報い、なるようにしかならないと、不敵な気分で性根を据えていた。

とりあえず乏しい資料を掻き集め、畳に直に、東窓南窓の下および隣室の壁沿いに、六畳の部屋を半回りほど並べた。それからその囲いの中に万年床を敷き、着たきり雀で横になり、本の背表紙を見回して、ひとまずの勉強は終りにした。ついで腹這いになり、枕許にページを開いたまま投げ出されている小説本四、五冊のうちから手に当るのを取り、読み、飽きれば別の小説に代える。慣れれば四、五篇の小説を、筋、人物の名を紛らわせることなく、同時進行で読めるようになる。むろん、自慢になることではない。

腹が減れば釜底に残った冷飯をたくあん二切れを菜に湯掛けで掻き込み、なければ塩か醤油を垂らして噛み締める。食べ終った茶碗は汲み置きのバケツに沈め、次の飯のとき引き上げれば、手間も省ける。一週間に一度バケツの水を代えておけば清潔なものだ。余分なものはもちろんなく、必要なものさえほとんど切り詰めて、至って「閑雅な食欲」である。

大学にはほとんど顔を出さず、臨時の試験や緊急の用のあるときは、同じ国文科の大迫が呼び出しの電報を打ってくれる。「○ヒコイイチョウチッテツイシケン」とか「キミコイシイノシカチョウニモウヒトリ」とか。試験も麻雀も同じに重要だと考えているらしい。

だれもが卒論を控えていて忙しいのだが、怠惰な学生の習癖として、試験が迫ってくると、みな口裏を合わせたように、「麻雀恋しやホーヤレホー、焼酎恋しやホーヤレホー」の気分になってしまう。そして試験の結果は不可、お情けで追試。それでもやる気にはなれず、山を掛けて臨み、「当ったぞ」というから訊いてみると、当っても出来なかったという。それでも学生は卒業して世に出る。学ぶこと少なかったが学び方の道筋を覚え、知識はないけれど考える力を養ったからだ。焼酎もたっぷり養分になっている。

久しぶりに国文科の研究室に顔を出すと、学生はだれもいなくて、助手のほかには見知らぬ男が一人、背を向けて坐っていた。振り返った笑顔を見ると、二年ぶりに会う自殺未遂常習犯の江坂、社交喫茶〈オリエンタル〉のボーイ仲間だった男。

「やあ、生きてたのか」と懐しい声になって元郎は言った。「さてはまた失敗したんだな。それとも、もう止めたのか」

「人聞きの悪いことを言いなさんな」と江坂は笑いながら言った。「もう一度だけ百二十錠を試してみたが、やはりうまく行かず、それで当分止めにした」

「で、今は何を」

「八百屋の助手」

「それはよかった」と元郎は腹の底から喜んで言った。「助手といえばこちらの先生も助教授候補。カルモチン飲まなくったって毎夜安眠している。おまえが飲むのは勝手だが、やり損いはまずい。今度こそは終りにしよう。おれが適量を計って楽にしてやる。何事も研究だ、国文学も睡眠剤も八百屋も。おい、助手、しっかりやれよ」

元郎は江坂を励ましたつもりだが、研究室の助手が呼ばれたと思い、おそるおそる言葉を挟んだ。

「こちらの方も何かご研究で……」

江坂が挨拶しようとするのを抑えて元郎は言った。

「元オリエンタル大学におられたが、もっぱらの研究は自殺の心理と実践、睡眠薬の処方および適量の測定……ところで、大迫たちどこへ行きましたか」

「東南西北のどこか近くでしょう」と研究室の助手は調子を合せるように笑いを含んで答えた。

文学部の建物を出て、元郎はその足で雀荘に行くつもりだった。だから、せっかく訪ねて来てくれた江坂をも誘った。が、江坂は踏ん切り悪く断り、その上で実は頼みがあると言い出した。二年ぶりの再会で、何ごとかと思ったら、江坂が口ごもる割には呆気ない話だった。江坂は八百屋の娘たちを元郎に紹介すると約束し、しかも、彼女らはすでに銀座の資生堂の二階喫茶で待っているとのことだった。八百屋は遠縁に当るとかで、姉は女専を出て勤めをしており、妹は音大の三年生だという。江坂は口が滑って元郎のことを、変った面白い友人と親しげに語り、誇張があったかして抜き差しならなくなり、今日の仕儀に至ったが、何とか面子を立ててくれと頼む。

「何だ、そんなことか。吹けば飛ぶような男でよければ、お安いご用」と元郎は軽く受け合った。

元郎は江坂も一緒に行くものと思って歩き出したら、案に相違して江坂は頑なに同行を拒み、「痩せても枯れても八百屋風情、その助手ともなれば、銀座くんだりにお恥かしくって、顔を出せた義理じゃない」と奇妙な啖呵を切って、さっさと帰りかけた。

が、江坂は一歩だけ踏み出し、ふと思いつくことがあったのか、もう一方の足で振り返って元郎に言った。

「さっき文学部の掲示板で見たのだが、レントゲン写真の間接撮影の結果で、要注意者の名が張り出してあり、そのなかに宇高元郎の名前もあった。精密検診を受けろとよ。受けた方がいいぞ」

「受けない」と元郎は即座に答えた。「肺結核の検診だろうが、精密も粗略も一切検診は受けない。法定伝染病だから、他人に染さないよう気を付けなくちゃいけないが、自分一個のこととしてはお構いなくと言いたいね。自覚症状だってないとはいえないが、肺病を治すのだけが人生じゃないだろう」

「だけど、早期に発見すれば治るんだよ」

「そりゃあ安静と治療で治るさ。だけど、何年寝てればいい」

「短かくて一年かなあ。でも、命にかかわることだから、粗末にはできないぞ」

「言ってくれるぜ、自殺未遂重犯の男が命の説教か。即決ではなくて一年だぞ。早期発見で療養に入って一年かかるとする。他方、晩期ジリ貧で死亡するまで一年として、同じ一年ならどっちを選んでもいいじゃないか」

「それでいいと思うか。自分で納得できるか。一年に限定して比較するというのには無理がある。ま、先回りして肺病を悩むより、とりあえず精密検診を受けることだ。肺病と思い込んでいたら、痔瘻だったということもあるさ」

元郎は不機嫌に沈黙した。江坂の言うことに筋が通っていた。その平凡な常識に元郎は手もなく屈服した。理窟の争いには勝てるけれども、その半年ほど身に負ってきた咳や痰の自覚症状を打ち消すことはできなかった。元郎は要するに病気が怖かったのだ。子供のときから持ち続けてきた喘息の予兆や発作に、前歴のない肺結核を重ねることを怖れていた。半ば自分が予知していることを、改めて科学によって認定されたくはなかった。結核よりも先に恐怖の方が発症していたのだろう。

元郎は自分を平静な気持に戻し、江坂に告げた。

「ご忠告ありがとう。たぶん精密検診は受けるだろう。これから美人の姉妹に会ってくる」

「おれは美人とは言ってないが、よろしく頼む。体には気を付けろよ」

お茶の水駅まで一緒に歩いて、そこで二人は別れた。

喫茶店では姉妹をずいぶん待たせたと思ったが、それほどでもなかったらしく、二人はおしゃべりしながら飽きもせずに待っていた。顔は知らないけれど、向いの席を空けて並んで坐っていたから、すぐに分った。元郎は自分の名を名乗って、相手が応じたのを見てから腰掛けた。元郎は精密検診のことで鬱屈していたが、若い女を二人目の前にしては暗い顔ばかりしてはいられなかった。閉ざされた現在と開かれた未来を見比べているようで、気持の調整が取れなかったから、控え目に振舞おうと努めた。ご指名はそちらからですよ、と元郎は口には出さずに呟いた。

「お呼び立てしてすみません」と姉の方が口火を切った。「わたしは姉の清美、妹は希志子です。お願いというのは、わたしに英語を教えていただけないかということです。駄目でしょうか」

あまりに単純な、見当違いの要求に、元郎は思わず笑ってしまい、少しふざけて言った。

「ええ、駄目です。犬が英語を教えるようなもの、ワン、キャン、ドゥで終りです。あなたは女専を出ていると聞いているし、ぼくは英文でなく国文ですよ。少し筋が違うのじゃありませんか」

妹の希志子が側から助け舟を出すように口添えした。

「姉は何か短い、易しい英文、ストーリーのようなものを教えていただきたい、そう申しております。お月謝もはずむそうですから」

希志子は姉の顔を見てからかうように笑った。月謝と聞いて元郎の気持が変った。受験生に教えるのも、勤めを持っている女に教えるのも、元郎に英語の学力がないという点では同じだろうと思った。月謝の額は要求できないから任せるとして、さて何をテキストにするか、易しい英文の小説とすれば何を選ぶか。

「じゃ、ヘミングウエイの『老人と海』をやりましょう」と元郎はためらわずに決めた。

ヘミングウエイの英文はフォークナーやロレンスに比べて易しいし、一度読んでいるから何とかなるだろう。フォークナーは日本語訳で読み、ロレンスはペリカン・ブックスで集めたが、どちらも歯が立たなかった。

「お願いします」と清美は少し顔を赤らめながら嬉しそうに言った。

「週一回、一日二百円としておきましょう。それでいいですか。テキストはぼくが持って来ます。ほかに何か……」と元郎は話し出したら止め処なく、何もかも勝手に決めてしまった。

「何だかお月謝が安いようで……」

傍から妹の希志子が口を出して月謝のことを訊いた。

「月謝は何を基準に決めたのですか」

「ぼくはほかのアルバイトを知らないもので、映画のエキストラ料に合せました」

清美も希志子も笑った。笑ったついでのように希志子が頼みを持ち出した。

「あたしもお願いしたいんだけど、哲学のレポート、書いて下さらない？」

「ええ、いいけど。ただし、こちらは高いですよ」

「いくらぐらい」

「一枚二百円。十枚書いて二千円」

「ああ、それで十分です。枚数が殖えると経費が上りますから。サラリーをもらっている姉と違って、わたしはまだ学生ですから」

「レポートに課題がありますか」

「別に決っていません」

「では、ベルグソンの『笑い』について、適当なものを書きましょう」

話が跡切れ、コーヒーが運ばれてきたので、元郎はさっそくゴールデン・バットに火を付け、煙と一緒にコーヒーを飲んだ。用件が片づいたので気が楽になったところで、希志子が世間話のように言い出した。

「宇高さんは作家志望なんですか」

元郎はしばらく考えてから、真面目にしっかりと答えた。

「作家志望でなく、作家です。ただし、まだ一枚も書いていませんけれど、自分の心の持ち様においては作家だと思っています。志望などという浮かれた気分にはなりたくないのです。文学は浮かれやすいものです。そういう自分を警戒しています。けれども生涯に一度だけ、たとえばリルケのように、ほら見てごらん、おまえがあれほど書きたがっていたものが、もうここにあるじゃないか、何て素晴しいんだろう、と言ってみたいのです。そうなれるかどうか」

希志子が俯いたまま声もなく泣き出していた。清美はうるんだ目をしていたが、顔は上げていた。元郎はしきりと煙草を吸い、コーヒーの二杯目を注文した。が、別に難しい話ではなかったから、希志子はやがて涙を抑えた。

「ごめんなさい」と希志子は言った。「何だかせつなくなって……」

元郎は希志子の顔を見ながら、黙って自分の内を探り、精密検診のことを考えていた。

二

元郎は毎週日曜日の昼下がり、青山の家に清美を訪ねた。清美は几帳面な性格らしく、言われたとおりにきちんと予習をしてきていた。「訳してごらん」と言えば大方正確に訳し、元郎は体裁を保つために一言二言注意すればよかった。難しいところは、「分らない」ですませた。約束通り月謝はもらった。勉強の合間にはコーヒーとケーキが出て、夕食も出された。その仕度を清美が一人で準備した。希志子は学校と遊びで忙しいのか、ときたましか顔を出さなかった。

希志子がたまに家にいると、清美は妹にピアノを弾いて聴いていただきなさい、と命じた。希志子は面倒なのか、「お好みしだい」と言い、届けられた哲学のレポートの方が嬉しそうだった。リクエストと言っても、元郎は「明月赤城山」ぐらいしか知らなかったから、「明月……」と言いかけたら「月光のソナタ」と直されて聴かされた。出来のほどは分らなかった。

清美はピアノの方を遠慮して、酒の飲み方の授業を所望した。「そちら持ちなら、どこへでも行きますよ」と元郎はその狙いは窺い知れないが、あっさりと承諾した。答えながら胸の中で、元郎は小癪な、据え膳食ってやるぞと思った。日を決めて渋谷の〈タヌ公〉に行った。清美は酒も場所も初めてなのでさすがに緊張しているらしく、まずトイレに立った。その隙に元郎は〈タヌ公〉の女主人に、「あの女今日物にするつもりだから、金はあちら持ち、じゃんじゃん飲ませて」と頼んだ。女主人はうなずいてぽんと胸を叩いた。

日頃になく元郎はよくしゃべり、よく飲み、清美の盃にしきりと注ぎ、女主人にも助けを頼んだ。清美はしかし飲んでも赤くならず、蒼ざめた顔になって崩れそうになり、必死に体を支えていた。勘定は清美が払ったとまでは覚えていたが、元郎は清美の腕をつかまえ、小さな公園か運動場の隅か、二人もつれ合って青空の下に寝た。元郎は清美のコートを剝ぎ、スカートとシャツを引き裂いたところまでは覚えているが、酔いに潰れていた。清美は初めてのことで、謀略的に飲まされ、意識を失う寸前で抗い、立ち、元郎を引っ張ってタクシーに乗せ、無事返したのであった。

学年始めに教授を交えて卒業論文のことを話し合ったとき、日頃よく授業に出て勉強熱心な学生の多くが、まだ何をやるか決めていないというのを聞いて元郎は驚き、元郎一人だけが明解に「国木田独歩論」をやると答えたのでみんなが驚いた。それればかりでなく元郎はその狙いの主眼として、明治文学以降における国木田独歩の評価を、自然主義文学の先駆的意義に置くのではなく、むしろ短歌や詩にその栄誉を奪われたかに見える明治のロマンチシズム、その代表的な作家として独歩を位置づけた。それを立証する中心の作は「牛肉と馬鈴薯」であると考える、と。

ほかの学生はみな驚いたが、元郎が迷わずに独歩を選んだのは卓見というよりは、ほかのこと、ほかの作家については何も知らなかっただけのことにすぎない。元郎が始めて独歩を知ったのは、父親の本箱にあった『日本現代文学全集』のなかからで、文章が簡潔雄勁なこと、性的問題に関する描写が少ないことなどで、父の眼鏡にかなったのであったろう。

大学生になってから正宗白鳥の『自然主義文学盛衰史』を読んでいたら、「独歩は馬鹿だ」という一文に合って元郎は混乱した。なぜそうなるのかは分らないが、白鳥は英語に堪能で、ダンテの「神曲」などを英訳でよく読んでいるからだろうか。そう言われれば独歩は神童、才子、並の人に落ち着いた口かも知れぬ。彼の十八番はワーズワースぐらいなもので、それぞれの先師のスケールを比較すればかなり差が生じるだろう。

しかし作家は他から学ぶと同時に、身の内からこそ生み出すのであるから、晩年だけで比較すれば、白鳥には「日本脱出」など長いばかりで大したものはないが、独歩は肺結核に蝕ばまれた命の余燼から、生涯における最高の短篇「窮死」や「二老人」を残して死んだ。人生は着地が大事なのかも知れぬ。

卒論の締め切りがあと二ヶ月足らずになって、元郎が心穏やかでないのは当然だが、その割に追い詰められた気にならないのには、一つの理由があった。普通では考えられないことだが、元郎は目次だけはほぼ出来ていて、完成すれば三、四百枚になるところだが、本文は一行も書いていない。普通なら、目次やあらましが出来れば、九分通り終ったも同じだろう。

それが元郎には出来ない。目次という形で自分の論証が出来上ると、元郎には終了なのである。というのは、元郎が書くのは思考の燃焼であって、形の結果には興味がなくなるのだ。燃焼は常に過程であって、燃え尽きたあとには茫然と立ちすくむほかないのだ。燃えがらを再び構築する気にはなれないだろう。ただし元郎は目次と燃焼をまだ終り切ってはいないから、二ヶ月をのんびりしたり、焦ったりしているのだ。卒論を書くよりは、文献としてのエマーソンを読む方がずっと楽しい。

寝床にうつ伏せになって本を読んでいると、階下の玄関が開き、階段を忍ぶように上って来る足音がした。部屋に入ってきたのは希志子だった。側に寄ってくるのを、元郎は寝たまま片手で蒲団を持ち上げ、無言で寝床に入れと暗示した。希志子は一瞬ためらっていたが、元郎の態度が自然なのと、ズボンも上着も身につけているのを見て少し安心したのか傍に滑り込み、腹這いになって元郎と並んだ。

蒲団は上下とも汚れていたが委細構わず、元郎は希志子の肩まで蒲団を掛けてやり、左手を下に、右手を肩にかけてそっと抱くようにし、そのまま静かになった。それから一時間ほどを、最近にない安らかな眠りですやすやと眠った。目が覚めてみると希志子は同じ姿のまま、文庫本を読んでいた。「姉は」と希志子は言った。「黙って破れたブラウスやスカートを繕っているわ。抵抗しなければよかったのに」

その言葉で元郎は先夜の乱暴狼藉を思い出し、恥かしさがよみがえるとともに、一方で良からぬ気持も動き出し、希志子に口付けしようとした。希志子は抗い、寝床から飛んで逃げた。元郎は追いかけて畳の上で押えつけた。跳ね返そうとするのを言葉で封じた。

「え？　お宝を大事に、世間で高く売ろうという寸法か。自由な女じゃねえのかよ」

希志子の抵抗は止み、元郎はそそくさと交わった。気持に通うものがないから、元郎にも快感などのあろうはずはなく、娼婦と変らぬ無味乾燥の性交で終った。希志子は身仕舞をするとすぐに言った。

「あたし、自由な女だわ。恋人だっているし……」

「何だ、そんなことだったのか。男に会って来たばかりだと言えばいいのに。もっとも、禿びんこに減らんこだから、たいした違いはないけど……コーヒーでも飲みに出ようか」

その日元郎は一円も持っていなかったので、畳の上の本の列から二、三冊抜き出して表へ出た。荻窪駅の近くに〈赤い屋根〉という喫茶店があるので、そこへ入って腰掛け、希志子を待たせておいて、元郎はその向いの古本屋へ行って何がしかの金を得た。その様子を見ていたのだろう、希志子の顔は急に明るくなり、恋人のような雰囲気になってきた。

三

清美の許には、元郎は何もなかったかのように通った。計算づくでの酔いの乱脈、悪戯がらみの行為、清美が必死に抵抗したからこそ二人とも助かったようなものだ。が、相手の意図が分らなかった。そのつもりはあったのに、場所と元郎の態度が悪かったというのか。元郎の方はただ据え膳を食うつもりだけのことだった。だから再会しても、「どうも失礼しました」とも言えず、何ごともなかったように振舞うしかなかった。計算が食いちがい、酔って潰れて、元郎の方こそ幸いであった。

清美の仕種も普段に変らず、衣服は上手に繕われて、気持の上での混乱からも回復しているように見えた。従来通りに予習と和訳が行なわれ、小さな点を注意されると清美はきれいな字でノートに書き留めていた。それからコーヒーとケーキが出され、夕食まで用意された。いつでも彼女らの両親はほとんど顔を出さなかったから、大方は清美が一人でもてなした。その上今日は希志子の誕生会がささやかに催されるはずだった。

希志子は恋人を連れて帰ってきた。すぐに紹介されて男は「皆川です、よろしく」と名乗った。希志子の機嫌は普通で、清美が用意した席に着きながら、「今日は元の明治節、あたしは晴れて二十一歳」と宣言するように言った。

すかさず皆川が「おめでとう」と晴れやかに言った。皆川は同じ音大のピアノ科にいるのだそうだが、体の大きな男で、無精髭は残しているものの、顔立ちも整い、満足げに表情を弾ませていた。秘め事をすませてきた二人の顔だった。食料の乏しいなかに、清美が苦労して集め、調理した、乏しいけれども美しい食事が並んでいた。バースデイ・ケーキは手に入らなかった。

食事が始まるとすぐ、皆川が機嫌のいい声で元郎に尋ねた。

「宇高さんは作家志望ですか」

清美は平然としていたが、希志子が明らかに気色ばんで何か言おうとした。

姉と妹を制して元郎は普通の声で答えた。

「まあ、そうです」

清美はほっとしたような声になって、「宇高さん、何もありませんが、たくさん食べて下さい」と言った。希志子もその意を伝えるように、口には出さず、必要もない元郎の世話を当てつけがましく焼いた。元郎は体が少し熱っぽかったが、清美の心尽しに報いるようにたくさん食べた。

食事が終ると清美はあと片付けに立ち、残った三人は満ち足りて煙草を吸った。希志子と皆川に元郎は何も嫉妬を感じなかった。別に用事もなかったので清美に挨拶して帰った。あとを希志子が追いかけてきて、「近くクロイツァーのピアノ演奏会があるの。もう七十八歳だから、たぶん最後の演奏になると思う。ティケットが手に入ったら一緒に行かない？　とにかく明日下宿へ寄るわね」と言い、慌しく戻って行った。

クロイツァーの演奏に独歩の卒論、おまけに精密検診があって女がいる、元郎は何もせずに忙しくなるようであった。

翌日希志子が部屋に入って来ると、元郎は畳の上に向い合ってまず接吻し、希志子の肩を押えたまま訊いた。

「皆川くんに会って来たのだろう。何回？」

希志子はその意味がすぐに分らず、やがて分ってもしばらく答えなかった。が、元郎は詰問する気配がなく、まるで天候の挨拶のように平然としているので、希志子も構える気になれずに、日頃の会話のように何げなく答えた。

「二回」

「ではおれも二回にしよう」と元郎は穏やかに、当然のように答えた。

希志子を寝床に誘って、元郎は嫉妬も愛着もなく淡々と事をすませた。二人はうつ伏せになって、並んで元郎の卒業論文を眺めた。ナンバーを打っていない本文が十二枚ほど出来ていて、別に二枚の目次は完成していた。

「もう目次は出来ているじゃないの。この順に書いて行けばいいんじゃないの」と希志子は簡単そうに言った。

「いや、それがね、今になって重大な間違いを犯しているのに気がついたんだ」

「じゃ、気がついたんなら直したら？」

「それがそう簡単にはいかないらしいんだ」

と元郎は落ち着いて言い、「まず間違いの論点を明らかにし、その上で自分流の論証をやり直さなければならない。漢字の書き間違いを正すのとは違うからね」

「どこが違っているの？」

「終章のところの、『ロマンチシズム』、『自我の問題』、そして『リアリズム』。その三つをぼくはただ並べただけのことだった」

「別々じゃ駄目？」

「駄目じゃないが、やっぱり駄目だろう」と元郎は言った。「ぼくの初めの狙いではね、基本に自我があって、その現れ方のニュアンスでロマンチシズムとリアリズムが変る、現れ方は対立する。しかも明治の日本では自然主義の導入のされ方が、フランスのゾラなどと違って遺伝と実験の方は軽視され、『皮剥』、つまり現実暴露の悲哀と称して、私生活の剔抉に集中する。同じ『自我』へのアプローチといっても、社会の目や人権が薄らいでくれば、文章の鍛練と美意識が優先し、平安朝以来の『もののあわれ』と変らなくなる。ぼくの間違いの第一はロマンチシズムと自然主義を対立させていたこと、自我の解放に基礎を置けば、国家権力に今一歩手が届かないとしても、自我の確立を本にロマンチシズムと自然主義は同根の双生児。近代化の名の下に二度の戦争をして、社会的には、不運や怠惰によるのではない貧困の集団と原因を、ロマン・ナチュラルの作家も気が付き始めた。独歩社の破産、肺結核の悪化を素因として、『戦時画報』など売りまくった独歩は変ったのだ。時代が変ったからというオポチュニストではなく、あの真率な青春のなかに培われたロマンチシズムが貧困に再会して火を噴いたのだ。とまあ、そんことをもう少しまとめておきたいのだが、第一に時間がない、第二に肺病が怪しい、第三に金がない。くよくよするくらいならもう止めた方がいいと思っている」

「あなた疲れてるのよ」と言って希志子は立ち上がった。「さあ一休み、クロイツァーを聴きに行きましょう」

元郎は気乗りしなかったが、高いティケットを手に入れてもらったので、猫に小判と思いながら、いそいそする希志子のあとについて行った。席に着き、場内が静まり、ピアノの前に小肥りした老人が現れた。音が打ち出される前に、元郎はこの老人すごいぞと思った。鍵が打ち鳴らされて会場は酔ったようになり、元郎も酔わされたが、いつもと変らずいちはやく眠りに就いていた。そして演奏が終るまで眠りつづけた。


三日ほどして希志子が来た。日頃になく疲れた様子だった。

「どうした。えらいお疲れのようだが過ぎたんじゃないのか」

「馬鹿。人の気も知らないで。もう嫌だ。二人は無理よ」

無理を承知でついほろり、と元郎は胸のうちで呟いてみて、それはほろりどころじゃないだろうな、と思った。希志子は元郎の態度を待つように、じっと見つめた。元郎も真面目になった。「じゃあ、あの男と別れてしまえ」と元郎は言った。

希志子は返事をしなかったけれど、元郎の表情をつぶさに受け取っていた。

希志子は皆川に会って別れを告げ、元郎のこともみな話して終りにしたいと言ったのだった。皆川はあの貧相な男のどこがいい、と言ってしばらく荒れたが、しまいには泣き出してしまったという。元郎はそんなとき自分も泣くだろうかと考えてみたが、女のことで涙がこぼれるとは思わなかった。

希志子はいよいよ元郎一人の女になったという喜びに、別れた皆川への同情を少し残して元郎がもっと大事にしてくれて当然だという顔になった。

「元郎さん、わたしを愛してる？」と希志子は楽しい答を予測して訊いた。

「愛のことなんか分んないよ」と元郎は平静に言った。「カミュの『異邦人』のなかで、『愛してるか』と女に聞かれて、ムルソーは『愛してるかと問われれば、やはり愛してはいないだろう』と答える。そんなことを訊くな、ということなんだろう。おれも同じだ」

「そんなのひどい」と希志子は叫んで元郎の胸を打った。

元郎はそれを冷静に払い除けながら、優しい気持になって答えた。

「訊くからだよ。そんな難しいこと訊かれれば、だれだって分らなくなる。おれはきみに惚れてるかって訊かないだろう。だからきみは安心して惚れられるんじゃないか」

「そんなのずるい」と言いながら、希志子は全身で元郎に体当りし、元郎が転んで見せると、ところかまわず口付けして回った。

四

元郎はとうとう精密検診に行かなかった。咳や痰は人目に立つほど多くはなかったが、人に知られぬところで倦怠感、微熱が気になっていた。駅の階段を登るとき気が重かったし、清美の家では赤い顔をしているというので目をつけられた。寒かったからちょっと引っかけてみただけのことで、家庭教師にはあるまじき行為と額を鼓のように打ってごまかそうとしたが、体温計を押しつけられた。計ってみると三十八度二分あった。

「怖い体温」と清美は眉をひそめながら呟いた。「体温計持って帰って、毎日時間決めて計りなさいよ」

「はい」

元郎は神妙に返事をしたが、下宿に持って帰ってもその日のうちに体温計を無くした。

ときどき希志子が寄って、忘れずに煙草を買ってきてくれた。希志子は両親に隠れて吸っているので、常習はしていないが、元郎の下宿に来るときには忘れずにゴールデン・バットを一袋、ときに両切のピースを一箱持参した。元郎には何よりの土産だった。煙草の御礼にといって元郎は、固い冷たい蒲団のなかで希志子を暖めた。希志子は重なりながら一瞬息を詰め、体を元に戻してから一人言のように言った。

「いつも一緒にいたいなあ」

「すぐ飽きるよ」

「飽きないもん」

「結婚なんか口にするなよ。その途端に壊れるから。信じられないものは心と形。信じられるのは皮膚が火花を散らす一瞬だけ。まあ、快楽があるかぎり、地獄の底までついておいで。アルス・アマトリアでも勉強しながら」

希志子は深い沈黙に落ちて静かになった。が、すぐに満面を紅潮させて叫んだ。

「火花って何さ。あんたは低く短く、勝手に唸るだけ。あたしはいつも波静か。地獄の底なんて聞いて呆れる。一度でいいから殺されるような目に会ってみたいもんだわ」

希志子は日頃はかなり手厳しく言われても、元郎はまともに言い返すことはしないで、話をちゃらかしてしまっていた。が、「いつも波静か」と言われたのには参った。自分勝手であることは分っていたけど、良しとする女は喜ばせようという気はあり、それなりにサービスをしたつもりだったのだ。

みか子も妙子も清美も性の関係はなく、危うい失敗があっただけだから、体を楽しむことも楽しませることもなかったが、希志子には暴君のように振舞いながらも、せめて体の喜びは一緒に味わおうとし、努力してきたはずだった。その結果が「波静か」、何が足りなかったのか。体力の消耗か、空威張りか、口先だけの技術か、連携プレーに習熟していないのか、といろいろに考えてきて、元郎はふともっとも平凡なものが欠けていることに気づいた。優しさの欠如である。性的には後楽の心を失っているのだ。

それでも希志子はときどき現れて、「波静か」な性を交し、以後は格別の不満を言うこともなく帰って行った。ときに思い付いたように、原稿の清書をしてあげようかと言い出すことがあったが、それは元郎の方で断った。だれかに手助けしてもらうことになると、些細なことでも元郎は一心不乱になれなくなった。もともと元郎は底力がないから、一心が乱れては何もできないのであった。だから、小さな善意からの手助けであっても、元郎には妨害になった。

元郎が中途半端な気持でありながら、卒論を諦めないのには理由があった。それは、人の意表を突くような論文を書くことではなく、ただ単に卒業したいからであり、何がしかの給料にありつきたいからだった。怠惰の所産であれ、それが得たかった。

大学に入った当初、元郎は学資と生活費の当てがなく、将学金とアルバイトその他で、日々の糧をかつがつに得ていたが、綱渡りのような暮しを危うく凌いでいた。この様子では学問どころではなかった。かといって、せっかく入ったものをすぐ退学する気にはなれず、やる気だけはとにかくあったのだから、とりあえず姑息な手段を取ることにした。つまり授業にはほとんど出ず、学問をする気は当面諦め、単位だけは取って卒業しようと思ったのだ。

中学・高校の教員免許状を取得していれば、とにかく食うことにおびえることはないだろう。食べる手段を確保してから、自分の本当の勉強を始めればいい。幸いに途中までは、追試験、レポートを含めて何とか単位を修得できた。むろん、教授たちの温情、学友たちの援助があってのことだ。残ったのは最後の卒論だけで、それが通れば合計八十五単位、堂々一単位を余して卒業だ。

だが、卒論は単位の大物、並では越えられない。けれども幸いなことに、考えることでは興味を持ったことのない元郎が、卒論の狙いに思い違いを見つけ、国木田独歩論にも新しい興味が湧きはじめた。焦りの一方で、時間がないと迫られて気持が動き出した。考える余裕がないから、思考の流れに身を預けた。

精密検診は受けなかったから自分の状態は分らず、小さな自覚症状は無視して、ひたむきに書き続けた。論証の整合性などは気にしておれず、脳と手が一体となって動いた。頓挫や逡巡は許されず、否応もなく、万年筆は前へ前へと動いた。

九十枚の原稿を書き上げたとき、元郎は予想以上の枚数を揃えたと、一休みする気になったが、それで予定の三分の一だった。「牛肉と馬鈴薯」の終末に近いところで、主人公の願が、「喫驚《びっくり》したいといふのが僕の願なんです」にやっと辿り着いたばかりだった。独歩は「習慣の圧力から脱れて、驚異の念を以て此宇宙に俯仰介立したい」と言い、詩人の花鳥諷詠は道楽、感情の遊戯に過ぎず、「吾とは何ぞや」を問うことこそ「心霊の叫である」と言っている。

例によって独歩の小説は東京の雑誌では売れなかった。「牛肉と馬鈴薯」はその時代には珍しい議論、人生観を語り比べる小説であって、「牛肉」党は現世主義、「馬鈴薯」党は理想主義として論ぜられ、この作を拾ったのは大阪の雑誌『小天地』（薄田泣菫主筆）であった。

大迫は先に卒論を書き上げ、様子を見に元郎の部屋へ寄った。落ち着いた雰囲気で大迫は元郎の原稿を読み、九十枚の重さを畳の上に置いて言った。

「青年たちの論議がそのまま小説になっているところが新しいが、馬鈴薯党の理想主義は少し薄手で、面白いところもあるが、何せ九十枚ではなあ」

「九十枚が短いというのか」

「おまえが心血を注いだのは分るけど、あの主任教授、卒論を大八車で引いて行ったという伝説の持主だからなあ」

「じゃ、どうする。今からでは間に合わないが」

「ビッテンするしかないだろう」

ビッテンとはお願いするの意、たとえば大迫が後見者になって元郎を主任教授の家（研究室では駄目だ）へ連れて行き、元郎の貧乏病弱などあるだけ並べ、ドッペルと路頭に迷うことになるので、この際は何とか通して下さるようにと、大迫がしゃべり元郎が頭を下げるという形になる。

教授は元郎の未完の原稿を並べながら、意地悪でなしに数ページを開いて眺める。大迫はなおもくどくどと言い、元郎は無言で平身低頭している。急に大迫の言葉を途中で打ち切って教授は突然「何枚ありますか」と訊いた。大迫が急いで「九十枚あります」と答えると、教授はなおもしばらく考えてから、穏やかな表情で判決を下した。

「枚数からいっても多分いいでしょう」

大迫と元郎は教授の意外な言葉に顔を見合わせたが、慌てて二人頭を揃えて最敬礼した。

翌日元郎は九十枚の原稿に厚紙の表紙を付け、靴紐で綴じ、扉代りに「国木田独歩論㈠」と筆で書き、ぎりぎりの日に国文学科研究室に持参した。「間に合った」というのが、卒論の未完、新説の不足、原稿の枚数、それらのすべてに勝る実感だった。

元郎は数日をろくに寝ていないから、大迫が祝盃を挙げようというのを断り、急いでふらふらしながら下宿に帰った。希志子が待っていた。

「卒論、間に合ったのね」と希志子が眼を輝やかせながら言った。

「実際は間に合わなかったのだけど、教授がそれで通してくれた」

「それでもいい、合格よ。おめでとう」

元郎は身も心も疲労し、意識が朦朧としていながら、脳の一点と皮膚が奇妙に熱く燃えていた。元郎が万年床のなかに倒れ込むと、希志子が被いかぶさり、震えながらお互いの衣服を脱ぎ捨てて密着した。抱き合っただけで希志子は声を上げ、仰《の》け反った。元郎も低く吠え、肌の余燼に触れているうちに、昏々と眠りに落ちた。

ささやかな船出

一

年が明けて、帰省した学生たちが大学へ戻って来る頃、元郎は入れ替りのようにして郷里へ帰った。ビッテン（教授に嘆願）して卒論を通してもらい、卒業と就職の見通しが立ったからだ。食べることも学ぶことも貧しかった学生生活が、あと二ヶ月ほどで終ろうとしている。暗いトンネルの先に小窓のような明りが見えはじめた今、気管支か肺か、疲れた胸は保留にしたままで、気分はほのぼのと軽かった。遅蒔きながら、何か生きるに値することをやる気になっていた。

家には両親と妹が待っていて、弟の丈郎も住み込み先から戻っていた。大連から引揚げて来て六年、久しぶりに家族五人が、半月遅れの正月に顔を揃えたのだ。父の市郎はいつものように、ただ「帰ったか」とだけ言った。母の浦乃は満面に喜びを浮かべて、そわそわと食事の仕度に向った。二間だけの引揚者住宅に、時ならぬ幸福の絵図が訪れて来たかのようだった。

屠蘇と雑煮で新年の祝いを交したあと、市郎が簡潔に宣言した。

「この三月でわしは退職する。定年じゃ。退職金が何がしか入るから、草代に月々五千円ほど送ることにする。元郎も卒業じゃ。いずれ勤めをするじゃろうから、丈郎の援助をしてやれ。細かいところは按配して、三人で仲好うやるがいい。分ったな」

草代は高校を卒業して東京のＯ女子大学を受験するつもりでいるし、丈郎はまもなく二十二歳になるが、家の助けに働き通しで旧制中学も中途になっていたのを、元郎に説かれて、定時制の高校へ行き直すという。つまりは元郎の今の下宿で、きょうだい三人が一緒に新しい生活を始めようというのだ。

「お父さんはこれからどうするの」と元郎が訊いた。

「わしは手頃な碁盤を一面買うて、お母さんには手頃な着物を一枚。あとは習字教室を開いて小学生を教え、自分の書を習う。書と碁があればわしは満足じゃ」

元郎は黙って大きくうなずいた。市郎は小学校の教師として、戦後は教育事務にたずさわって半生を送った。その確かな中仕切りに、元郎はこれから何かを志すものとして、物足りぬ思いを少しと大いなる感嘆を同時に感じていた。

話に区切りがついたと思ったのか、草代が百人一首のカルタを取ろうと言い出した。久しぶりに揃った家族、それがまた二つに分れようとする、一夜を記念しておこうというのだろう。そのカルタにも小さな思い出があった。

引揚げて来て初めての正月、遠縁のものの離れ六畳一間に住んでいたとき、友人知人も少なく、寂しい正月を前にして楽しみを求めたのは、中学一年生の草代だった。百人一首のカルタを自分たちの手で作ろうという提案だった。

なすこともないままに元郎と丈郎が話に乗り、手分けして厚紙、色紙を買い整えた。厚紙をカルタの形に切り、その裏と表の縁を色紙で張り、父に頼んで取り札の方だけ毛筆で書いてもらった。読み札はきょうだい三人がペンで書いた。坊主と姫のないカルタが完成した。それが五年前のことである。

そしてそのカルタは大連での別の思い出につながる。楽しみの少ない戦時の正月、隣近所の若者が寄り合って、家の中でだけ自由になれる解放感に、一時をカルタで楽しんだのであった。表立っては許されぬ笑い、叫びは、やがて兵隊として呼び出される若い男たちと送る女たちの、口には出さぬ訣別の場でもあった。

草代が押入れの隅から手作りのカルタを取り出し、みんなの前に置いた。取り札の方は百枚を一気に書いたものだから、字も乱れ、墨の濃淡もまちまちだった。草代が「お父さんも入らない？」と市郎を誘った。普段なら断るはずの市郎が、「わしが読み手になろう」と半ば応じた。この一夜の興が無下に見過せなかったのだろう。

　二人ずつ源平に別れ、取り札の五十枚を除けて、残り五十枚で勝負した。「む、す、め、ふ、さ、ほ、せ」の一字決りは草代がみな取ったが、勝ちは元郎の側に帰した。口惜しがりながら草代が言った。

「兄さんは前から『みかのはら』が十八番だったね」

「中学生のときからそうじゃったなあ」と浦乃が同意を示した。

「意味も分らずに『こひしかるらん』の恋で気に入っただけだよ」と元郎は言い訳するように答えた。

　元郎は「みか子」という名で呼んだ女のことを思い出していた。終戦後の大連で知り合い、たちまちに好き好かれ、言葉の交りだけで結ばれたと思い込み、手を触れ合うことさえなくて結婚の誓いをした女だ。元郎が二十歳、「みか子」が十八歳だった。別れるとき引揚げ先の住所を知らせ合い、手紙のやりとりを約束したはずなのに、「みか子」からの返信はなかった。悶々のうちに時は過ぎた。そのときから六年、今ではただ懐しいだけの面影になっている。

　東京に戻り、大学の研究室に顔を出すと、助手が「ちょうどよかった」と言って、横浜にある女子高の国語教師の口を薦めてくれた。大まかな話を聞いただけで、元郎は二つ返事で「行きます」と答えた。給料は九千七百円であること、その女子高に戦時中、同じ国語教師として中島敦がいたこと、その二つを知れば充分だった。

「山月記」を書いた作家のことは余分だが、仕事を得て飢える心配がなくなり、本も買え、弟の授業料ぐらいは払ってやれるだろう。着るもの履くものはそのままでいいとして、元郎が何より嬉しいのは四年越しの念願、これでやっと本気で学問ができる、ということだ。

何をやるかはまだ分からないが、知識はなくても、自分で考える苦労はしてきたから、別に指導者は要らない。もし小説を書くことになるとすれば、師は万巻の書である。剃刀を自らに擬した伊藤青年の言うように、「勉強は一人でやるもの」なのだ。自ら選んだものに金と努力は惜しまないこと。力量は初めからあるものではなく、成るものだから。元郎は少し興奮していた。

二月に入ってまもなく、大迫が一人でやって来た。部屋に入って来るなり、「寒い。火の気はないのか」と言った。

「ない。だから、蒲団にもぐっている」

「しょうがねえな」

舌打ちをして大迫は腰から下を元郎の蒲団に差し込みながら言った。

「おまえ横浜の女子高に決ったんだって？　中島敦のところか、いいな」

「トンと言ったって十一年前に死んでるんだぞ……おまえは？」

「ない」

「困ったな」

「それより、同人雑誌やらないか、四人で」と大迫は話題を変えて唐突に言った。

「いいな。やろう」と元郎は迷わずに同意した。

気持が上げ潮になっているときなので、元郎は渡りに船だった。それに前にも、何度か同人誌を出そうと計画し、会費がいくらか溜った頃合に、全員一致で飲み潰したことがあった。

「金はどうする」

「まず作品だ。四人が書いた時点で考えよう」と大迫は鷹揚に言った。

浜田や土方が同意することは分っていた。土方は書き溜めているものがあったし、あとの三人はみな、ビッテンに依らない自分の「卒論」を書きたがっていた。

「浜田はやはり詩か」

「さあ、アルチュール・ランボーの『酩酊船』かな？　浜田は焼酎る乱暴《ショウチュール・ランボー》だけど」

「土方はまだ女と一緒か」

「いや、別れたらしい。このあいだ会ったとき、しきりと、おれのは未練の文学だと言ってたから。どうもお好みは、川崎長太郎から近松秋江に移ったようだ」

「忙しいことだな」

「あれで貫いているところもある。が、感傷の愛別離苦、流れやすい形だなあ」

「そういうおまえは？　大迫」

「おれには何もない。空白、ゼロ、無思想」

「そんなことはない。生きてるんだもの」

「無理に言わせるのか」

「そうじゃないけど……」

「同時代」

「同時代？」

「時代が動いている、または歴史が……」

元郎はかすかに溜め息を吐いた。大迫は大きいな、と思った。見えないでも、遠くを見ようとしている。

「じゃ、革命だ」と元郎は言った。

「そう、『はげしく、美しきものは恋と革命。この二つを除いてわが青春はない』、と高校の教師が教えてくれた。おれは二十二歳。マージャンで言えば、アル、シ、アル、最低得点。そこから出発するのよ、ゆっくり考えて、焼酎飲みながら。おれにはまだ恋も革命も遠いけれど、目は逸らさずに……あ、浜田、S新聞に入社できそうだって」

「それはよかった」

そう答えながら元郎は、大迫がまだ言葉だけにしろ、時代または歴史というものをつかもうとする意欲に驚いた。

「宇高は何を書くの」

「今のところは何もない」と答えながら、元郎は胸の内に「ハイマートロス」という言葉が蹲っているのを見ていた。

二

それから一週間ほどして、元郎の下宿に四人が集まった。元郎が大家から火鉢と、ついでに炭を分けてもらって、四人はその周りに胡座をかいた。みなジャンパーやオーバーを着込んだままで、手を火鉢にかざし、背を丸めていた。元郎が茶の葉を用意し、沸かしたやかんの湯に放り込んで色が着いたのを、一個の碗で回し飲みした。心持ち体も部屋も暖まったところで、雑談を制して大迫が宣言するように言った。

「これから同人誌の話し合いをやるが、おれが舵取りをする。いいか？」

三人は異議なくうなずいた。それを確かめるように見回してから大迫は続けた。

「まず誌名と金について考えなければならないが、これは後回しにする」

「それは乱暴だ」と土方が言った。「それとも果断というべきか」

「で、どうする」と浜田が尋ねた。

「まず、みんなの気持が聞きたい」

「で、どうする」と浜田を真似て土方が言った。

「とりあえずめいめいが書こうとする方向で思い付いたことを、単語でも断片でもいいから自由に言ってみてくれ。無責任でいいから」

「無責任なら、おれが一番」と土方が自分に言い訳するように言った。「秋の大いなる橋。風景と物語。面白さ。未練一筋」

「おれは座長だけど次に言うぞ」と大迫が言った。「小説は何を書いても自由、小説が書けない苦しみを書いても小説だが、おれは同時代のことを考えたい。……次は浜田」

「ボワイヤン、見る人」と浜田は言った。「無垢と背信。ひそかに燃える熱いもの。所詮、いかに生きるかだ」

「宇高は？」

「愛の不能、愛の非在。人は人を愛することができるか」

「え？　それで終り？　さっぱり分らん」と大迫が言った。「さっぱり分らんけれど、お互いがさっぱり分らんということは分った。で、雑誌の題名をどうする？」

「いっそのこと『私小説』というのはどうだろう」と土方がまた一番に意見を出した。「戦後非難されることが多いが、大正の中期から終戦まで、戦時の狂気を除いて、私小説は日本文学の主流になっていた。それが今、農地改革から地主が没落、軌を一にするように私小説もまた末流になりはじめた。そこで我ら、私小説は書かないだろうが、時流に反してその名を拝借する、どうだろう」

大迫は首を振りながら疑念を露にし、浜田に意見を問うた。浜田は反発しないでまともに答えた。

「一見非常識のようだが、面白いかも知れない。たしかに戦後の文学は戦後派に主座を奪われて、私小説の勢いは衰えたといえるだろう。けれども、上林暁の『聖ヨハネ病院にて』とか尾崎一雄の『虫のいろいろ』など秀作がないわけではない。だから、『私小説』という名は時流に外れているとしても、文学に外れたわけじゃない。『私小説』に賛成」

大迫は明らかに意表を突かれたという感じで、あまり面白くなさそうに元郎の意見を質した。

「宇高、おまえ独歩をやったのだから、自然主義からの私小説の流れを話してくれ」

「おれにしゃべられるかどうか」と言いながら元郎は話しはじめた。「私小説、シショウセツまたはワタクシショウセツ。私を主人公にして、作者の私生活を材料に小事件、細かい心理を描き、その思想心情を控え目に語る小説の形式。外国の文学では危うくエッセイに含まれそうな形だが、日本独自の小説として生き残っているのは、その形よりも内容、平安の代から続く文学思想の潮流『もののあはれ』に依る。ただ近代では『もののあはれ』が『人の哀れ』に変っただけ。『哀れ』とはシンパシイのこと。だから長篇は少なく、ほとんどみな短篇で、この作家たちエコールに結集することはないが、何しろ平安以来の長い尾を踏んでいるから、その嫋々とした措辞とは異なり、意外にしたたかなものだ。だから時流の評価には惑わされず、『私小説』を掲げて私小説の本道に挑むのも面白い」

「そういうものかね」と大迫はあまり腑におちない様子で呟いた。「おれは付和雷同して『私小説』に一票を投じる。由って誌名はとりあえず『私小説』とし、一方的に決めるけれども、締め切りは三月末、雑誌が出来上ったところでページ割の分担金を集める。六月初めには創刊となるが、その頃はみな月給をもらっているだろうから容赦なく徴集する。その編集発行の雑務はおれが引き受ける。あとは原稿だけ、諸君心おきなく書かれよ。というわけで飲みに出よう」

煙草の吸いがらが山のように盛り上がった灰皿の後始末をし、火鉢を大家に返して、元郎は背広だけで三人のあとを追った。待っていたなかで一番暖かそうなオーバーを着ていた土方が、寒そうな元郎の姿を見て言った。

「オーバーないの？　寒いだろう」

「寒いけど大丈夫」と元郎は痩せ我慢して言った。

「おまえ咳してるけど、風邪引いたね。これ貸すよ、上げるよ」

「おまえが寒くなる」

「おれはいい。家に帰ればジャンパーもあるし、今は内から暖めるから」

土方は委細構わずオーバーを脱いで、元郎の背中に掛けた。道筋にあった赤提灯の店に入り、カウンターに四人が横一列に腰掛けた。店のなかは暖かく、酒や煮物の臭いが立ち込め、元郎も人心地が付いた。が、情けのオーバーは肩に掛けたままにしていた。焼酎も身内に入り、ほっと気持が緩んだ。焼酎は好きではないが、味と香のある白湯のつもりで飲んだ。

「さっきの話、私小説のこと」と大迫が元郎に話しかけた。「どうもよく分らない。自然主義文学との関係エトセトラ、もう少ししゃべってくれないか」

「おれだって分らないよ」

「だっておまえ、独歩やったんだろ」

「だから、おれは独歩は自然主義者じゃない、小説家としては明治に数少ないロマンチシストだと主張したんだ」

「田山花袋と仲がよかったじゃないか」

「性格は対照的でうまが合っただけだろう」

「とにかく話せよ。私小説って何だ」と言って大迫は焼酎をがぶがぶ飲んだ。

元郎もつられて一飲み、二飲みして考えた。自分に私小説のことが分るはずはない。だから、分るところだけ、気になっているところだけ、飛びとびに話してみようと思った。

「国木田独歩が『独歩集』を出したのが明治三十八年、次いで島崎藤村の『破戒』、これが三十九年、田山花袋の『蒲団』が四十年。後の二作が自然主義文学の皮切りと言われているが、この傾向をエコール運動として主動推進したのが第二次の『早稲田文学』、三十九年、島村抱月がベルリンから帰朝して同誌に論陣を張り、その中心になった。時は日露戦争が終結してまもない時期、明治の戦後文学だ。が、組織を持たない運動だから、自然主義の最盛期はせいぜい三、四年で、竜頭蛇尾のように急速に終息した。が、そのなかで唱えられた二つの主張、自我の確立と現実暴露、思想としての近代、方法としてのリアリズムだ。それが文学としてまとまらないうちに衰えたのは、ぼくの雑駁な考えでは、明治四十三年の幸徳秋水事件が、直接の因果関係はないとしても、大きく作家たちの意識に作用していると思う。しかも自然主義作家たちは、すべてとは言わないが、藤村や正宗白鳥に代表されるように、多くは寄生地主の息子たちだった。天皇制下の寄生地主、そこから自我の確立を果そうとする矢先の頓挫、自然主義作家たちの家から国家へと上昇する意識の上の抵抗が事前に抑えられたと思われる。それから彼らの曖昧な二十年余が過ぎ、老化し、次の世代に受け継がれて自己確立から自己完成へ、ただし社会的な壁から目を逸して、心理の精密な描写へと変って来る。非社会的な個への追究、それが徹して私小説、次いで心境小説に達する。私生活の事件の顚末よりも、心理の安定への希求へと変る。志賀直哉の『和解』などがその見本だろう。さらに二十年近くが経って今度の戦争、私小説が書ける時代はなくなる。そして終戦、農地改革が行なわれて、明治の初め地租改正から始まった寄生地主制は崩壊し、農村共同体の有様も変り、その血縁地縁で養われた文学青年の私小説の基盤はなくなった。因って現代では私小説は理論的には成立しない。とまあ、大雑把だけど、こんなところだ」

　元郎は一息吐いて小皿の上の冷めたおでんのがんもどきを口に入れた。浜田と土方が黙ってそれを見ていた。

「ご苦労さん」と大迫は労うように言った。「少し分ってたくさん分んないが、おまえのサービスに感謝する。それらが自分たちの作品に実ればいいのだが……」

　元郎は黙ってさらにこんにゃくを食べた。しゃべったので空腹を思い出したのだ。浜田も土方も元郎の話をずうっと聞いていたようだ。

「そうだ。人は多く、良い意志を持って悪い作品を作る」と浜田が言った。

「おれは闇夜に鉄砲。悪い意志でもたくさん書いてれば、当ることもあるだろう」と土方が言った。

「冗談じゃない。良い意志で良い作品を書かなくちゃ……今夜はささやかな門出の祝いに、一本ずつ酒を飲もう。雑誌が出たとき集めた金から差し引く」と大迫が勝手に決めた。

　出された益子焼の徳利に掌の暖を取りながら、一合に満たない酒を大事に飲んだ。まだ何もないのに書く、心意気だけが頼りだった。

三

旧紀元節が過ぎた頃、元郎の下宿に郷里の家から蒲団袋が二つ送られて来て、まず弟の丈郎が上京して来た。丈郎はその翌日N大付属の定時制高校を受験した。発表の日合格を確かめてから、ついでに近くの喫茶店〈ランタン〉に店員募集の張り紙を見つけ、アルバイトとして勤めることを決めて来た。元郎が世話を焼くまでもなかった。

〈ランタン〉から学校へは歩いて十分の距離で、午前九時から午後三時までの早番勤務、給料は安いが夜学へは充分通えるだろう。丈郎は電気のことを学ぶつもりらしく、その気になっている。元郎が四月から横浜の女子高へ勤め出して、その給料から若干の足しをしてやれば、二十二歳の高校生活は続けられるだろう。苦労して来た弟のことだけに、わずかなことながら励ましてやれるのが嬉しかった。

追いかけるように妹の草代がやって来た。志望はO女子大学だが、それは国立一期校だから、もし不合格になった場合を考えて、二期校のG大をも受けるという。そうすると二つの受験のためには前後を合わせて半月ほど滞在しなければならない。そしてどちらかに入れば、四月からは本格的な三きょうだいの暮しになる。

元郎の部屋には何も道具がないから、とりあえずりんご箱を重ねて食器棚とし、釜はあったから、三人で出かけて、鍋を一個、茶碗、汁椀、皿、箸を三人分ずつ、飯台は文机を兼ねて使うから少し大き目のものを求めた。そのための金は草代が母の浦乃からもらってきていて、それで払いをした。そのほかの日用品は、草代の分の蒲団袋から手品のように出て来た。

丈郎と草代の蒲団は新品ではないが、浦乃が綿を打ち直し、蒲団側を新しく縫って作ったものだから、見た目もきれいで温かそうだった。それに比べて元郎の蒲団は汗と垢で汚れてごわごわになっていたが、新しいのを買うわけにもゆかず、日の当る窓で丹念に乾すことにした。箒の柄で打たれた蒲団は埃と目に見えぬダニを飛ばし、半ば更生された。

その夜は大家から火鉢を借り、炭を買って来て赤々と火を盛り、鶏と白菜の鍋をして三人で食べた。体も部屋も暖まり、元郎は満足しながら、長いこと忘れていた家庭と生活を如実に感じた。過ぎ去った四年間の野良犬のような生活、屋根の下にいて学生証を持っていたけれど、人の子の暮しではなかった。それを不都合と思わないだけ、貧と鈍に沈んでいたのだろう。

女一人、まだ受験生にすぎない草代が加わったことで人並の食事が得られ、部屋の隅々に人の手が行き届き、元郎の気持までが清潔になった。暮しに秩序が生まれ、時間が意味を持ちはじめた。丈郎は朝食を取って八時に家を出、まだ夜学の授業がないから午後の四時には帰って来た。草代は朝夕の食事の仕度、洗濯、掃除を簡略にすませ、空いた時間は飯台に向って勉強していた。

元郎は相変らずの夜更かしで、起きるのは昼前、軽い食事をすませて、とりあえずは大学へ行く。授業に出たり出なかったりで、することがなければ研究室でぼんやりとだれかが来るのを待つ。やがて大迫、浜田、土方が顔を見せれば、揃ったところで雀荘へ向う。ポンやチーをやっているかぎりでは、だれも原稿のことを口にしない。何を書くかで迷いながら、意気込みと不安のあいだに揺れているのだろう。

灯点し頃になると、パイを収めて街に出、縄のれんの店へ入って焼酎を飲む。原稿のことを話すのは土方一人、ほかの三人は黙って飲むか世間話をするだけだ。それぞれに自分のなかで動き出そうとするものに気持を奪われているのだろう。それに、ほかの三人が何を考えているかも気になっている。だから、だらしなく飲み続けるのではなく、だれが言い出すともなく腰を上げる。

別れて下宿に帰ると、丈郎も草代も寝ていた。片寄せてある飯台に電気スタンドを乗せて、元郎は土方からの情けのオーバーを着たまま原稿用紙に向う。何を書くかが決っていないから、かじかんだ手のせいではなく、握った万年筆は動かない。何が書きたいか、何が書けるか、皆目見当がつかない。

けれども、なぜ書きたいかは、まだぼんやりしていたが、疑問を交えた衝動として元郎の内部にあった。それは終戦後の大連でのこと、進駐して来たソ連兵の暴行、略奪強姦が猖獗を極めていた頃のことだ。元郎が実際に見たわけではなく、友人のSから聞いた話である。

Sは旅順の学寮が閉鎖になったので追い出され、伝を頼って当地のY家に身を寄せることになった。Y家では年頃の姉妹とその母の、女ばかり三人の暮しだった。ソ連兵暴行の噂に脅えていたから、用心棒としてSは歓迎された。食事も供され、姉妹とも親しくなり、Sは思いがけない幸運に恵まれて、楽しい日々を送っていた。

が、ある日、二人のソ連兵が降って湧いたように現れた。驚き騒ぐ母親はピストルで殴られて昏倒し、Sは自動小銃を突きつけられて動けず、姉妹は別室に連れて行かれて犯された。女三人殺されることはなかったが、命以上のものを奪われた。それは、親子でも姉妹でも話し合えることではなかったから、互いに目を合わせないようにして、別々に苦しみながら生きねばならなかった。Sは男だったから、その災難を無傷で逃れた。

その話をSは一切の描写を避けて、事実と経緯だけを語った。話し振りも淡々としていて抑揚がなかった。担ってきた重いものをそこに振り落とすというのか、あるいは、他人に分ち与えて身軽になろうとしたのか、Sもまた無傷ではあり得なかったのだ。

Sの話を元郎は惨いと思いながら、それでも他人の話として聞いた。それから数日経つと、Sの話が伝聞でなく、自分もその場にいて、直接見聞きした場景のよう思われはじめ、姉妹がというのか母がというのか、その恐怖と絶望を思い、苦しい感情を得た。これから先彼女らは、親子姉妹の関係をどう繋いで、痛苦をどのように共有して生きて行くのか。その心の有様を元郎は想像し、想像のなかで考え詰めずにはおれなかった。

戦争は殺し合い、侵略の争いのなかでは理不尽は常のこと。男たちの武器を取っての殺し合いは止むを得ないとしても、老人や子供まで巻き添えにされ、女が犯される。それは、戦争目的からして、余分で意味のないことではないのか。戦勝国の兵士が余分の欲望のために、なぜ相手国の女たちの開かずの門を無理矢理押し破ることができるのか。それはなぜ、何の権利もないのに、戦利の常道として行われるのか。犯す兵士の故国にも、母や姉妹、恋人たちもいるだろうに。

犯された女たちがどのような恐怖と苦痛と恥辱を受け、それまでの人生を断ち切られるとは、犯す兵士は考えないのだろうか。だが、不意に生を断ち切られた女たちは、絶えだえに生きながらも、命のあるかぎり、再びの生を繋ぎ止めなければならない。その生は連続するのか、別の形で再生するのか。元郎はSが話した見も知らぬ姉妹の再生の形を思い描きながら、仕合せはともかく、目を上げて生き延びることを願うのであった。

草代が目を覚して、蒲団の上に掛けたオーバーを羽織って起きてきた。

「兄さんが帰って来たのを知らなかった」と草代は火鉢に寄って、埋められた炭火を起しながら言った。

「寝ておれば？　寒いぞ。試験も近いのに風邪を引いたら一大事」

「ええ、寝るわ」

炭火が赤く盛になったのを見届けて、草代は蒲団に入り、すぐに寝入った。

終戦を迎えたときには大連にいて、草代は女学校一年生だった。体が小さくて小学生のように見えたから、ソ連兵に狙われずにすんだ。一度だけ家にソ連兵が闖入して来たことがあったが、四十半ばの母とともに草代は女と見られずに無事だった。それは怖く不愉快な経験ではあったが、草代は生を中途で折らずに続けられた。幸運というほかなかった。

眠ったとばかり思っていた草代が寝床から声をかけてきた。試験の前で気持が不安定になっているのだろう。

「小説書いてるの?」

さっき起きてきたときに、草代は飯台の上の原稿用紙を見たのだろう。まもなく大学生、教育を目指すらしいが、兄の動きに敏感になっているのだ。

「書くけど、まだ書けない」

「大連のこと?」

まだ原稿用紙は白紙なのに、草代には「大連のこと」が見えたのだろうか。元郎だけでなく丈郎にも草代にも、大連は忘れられない町だ。元郎のように屈折して考えさえしなければ、三きょうだいにとって共通の故郷だった。

「大連でのことは素材やきっかけにはなるが、主題には据えられない。懐しすぎて怖いのだ。思い出として触れるだけならいいが、問題を掘るとなると厄介だ」と元郎は言った。

「小説って自分を主人公にして書くのでしょう」

「できればそうしたい。だけど、自分のことはよく見えないし、いろんな感情が付随するから冷静になれない」

「感情って？　たとえば」

「恥かしさ」

「ああ」

草代は自分にも思い当るように低く呟いた。戦後の異郷のなかでは、身の危険も飢えのひもじさも常時あったから、思い出せば、ときには呻きになるような感情がだれにもあった。だが、草代の差し迫った試験を思い、元郎は大連の記憶について共有することを避けた。

「人間の感情は、ときには選ばねばならぬ。そして今は沈着冷静、それに勇気……もう一度寝なさい」と元郎は優しく言った。

四

三月の半ば近くになって、草代の受験の結果が分った。O女子大には失敗したが、G大には合格した。O女子大が第一の志望校だったので、草代は少し落胆したようだった。元郎はG大の方が都心から離れた武蔵野にあるから、環境はその方がいいと言ってG大を勧めた。

草代も次第にその気になり、手続をすませてから、四月の入学式に再び上京するとして、とりあえず帰郷した。

　草代がいなくなってから、食事の支度は丈郎が代ってすることになり、下着類の洗濯はめいめいでやり、掃除はしないことにした。それも草代が再び上京して来るまでの半月ほどの臨時処置というつもりだったから。丈郎は他人の飯を食って苦労しているから、釜で飯を炊くこと、鍋で汁を作り、野菜や魚の煮物などを上手に作り上げた。

　丈郎は器用なたちだから、〈ランタン〉でも重宝がられ、カウンターのなかに入れられて見習いバーテンダーを命じられた。そのために若干給料は増えたが、勤務時間が二時間増しの午後五時までになった。朝九時の開店は変らないから、店が暇なとき小休憩を認められたが、立ち通しの八時間はかなり辛いものになったろう。さらに勉強する時間も大幅に減った。

　元郎の暮しは変らなかった。昼前に起きて丈郎が炊いた飯に残りの味噌汁をかけて、漬物があれば漬物を飯に乗せて食べた。食欲はいつもなく、しかし、何を食べても、猫飯のようなものでもまずいとは思わなかった。卒業式も近づいてきて、大学には授業もなく、丈郎のいない一人の昼の時間を、本を読むでもなく原稿を書くでもなく、小銭があれば駅前のパチンコ屋に出かけた。残った金で喫茶店に入りコーヒーを飲み、煙草を吹かしながらぼんやりと小説のことを考えた。

　夜は丈郎が帰るのを待って丈郎が作ったものを食べ、たまには食器を洗うこともあったが、大方は火鉢に当って煙草を吸い、ぼんやりと当てもなく考えていた。銭湯に行っても、石けんで体を洗おうとせず、湯槽のなかで考え、髭を剃りながらカランの前で思いに耽っていた。が、思い当ること、形になることは何もなく、ときにSの話のなかの犯された姉妹のことに思い及ぶと、辺りの目を忘れて思わずかぶりを振った。

そして丈郎が寝入る頃、元郎は火鉢に火を継ぎ足して、オーバーを羽織りながら飯台の上に原稿用紙を置いた。その姿勢を取り出してから半月ほどになるのに、原稿用紙の上には一字も書かれていなかった。書きたいことを思い付かないのだから、むろん、題もなかった。同人雑誌を出すために小説を書くという、本末転倒に落ち込んでいた。

大学の卒業式には行くことは行ったが、家を昼過ぎに出たために間に合わず、遅れて行って筒に入った卒業証書だけもらった。みんなは晴れやかな顔をしていたが、国文科の学友たちと雑談を交したあと、大迫と二人だけでそば屋に入り、ビールで乾盃した。土方は中退しているし、浜田はもう新聞社に勤めていたから、四人の顔が揃うというわけにはゆかなかった。ビールのあとは、それぞれに徳利をそばで一本立てることにした。

「どうかね。少しは進んでいるかい?」と大迫は、前から酒が好みであったように、馴れた手付きで盃を口許に運びながら、原稿の進みをさして気にするふうでもなく、ゆったりとした口調で言った。

「まだ全然」と元郎はありのままに答えた。

「ま、焦ることはない。まだ一月近くあるし、少しは遅れても構わない」

「焦ってはいないが、冷えたやかんのように、ちんとも音を立てないから困る」

「体の方はどう。まだ咳や痰が出るのか」

「出るのは出るけど、少しは減っている……おまえの方の原稿はどうだ」

「おれの方も動きなし。だが、嵐の前の静けさで、無形の予兆はあるぞ」

「じゃおれも、暗闇のなかに一点の光を捜そう」と元郎は答えた。


その日元郎は珍しく早く下宿に帰り、夕食の支度をして丈郎の帰宅を待った。その間火鉢に寄って、原稿用紙なしで、小説の中身でなく、小説に向う向い方を考えた。大迫と会ったことが、何でもない話なのに、ふと元郎の胸を打つものがあったからだ。


丈郎が帰って来て、飯台の上のフライパンと、火鉢に掛った鍋を見て、おや？　という顔になった。

「兄貴が作ったのか」と丈郎が言った。

「たまにはおれだって……じゃがいもにたまねぎにもやし、炒めて塩味をつけてある。みな洗ってあるが、じゃがいもの皮は剝いていない。汁の身は白菜一葉」


きょうだい向い合って飯台の前に坐った。朝炊いた飯は冷めているけれど、炒め物は頃合、汁は温かく、平均するとよい温度で、釜の飯も炒め物も汁も二人で余さずに食べた。

「兄貴、いつもはあまり食べないのに、今夜はよく食べたなあ。何か閃いたのか。卒業式だもんなあ」

「卒業式には間に合わず、閃きはなし。ただ変えようとしている」

丈郎は立って階下の流しに釜を洗いに行き、持って上って米を計って入れ、明日の朝の用意だけして釜を押し入れの下段に置いた。大家の台所の邪魔をしてはならないからだ。

二人で銭湯に行き、充分温まって帰ってから、丈郎は寝床に入り、元郎は飯台の傍に火鉢を引き寄せ、原稿用紙を前にしてオーバーをかぶった。「変えようとしている」と丈郎には言ったが、変える当ては今のところなかった。ただそう言い聞かせて、心づもりはしていた。

三月に入って深夜の寒さが緩み、五徳にかけたやかんが温かい湯気を上げていた。変えようとしているのは中味でなく姿勢、空白にただ向うよりは、何でもいいから、枡目を無視して、思いついたことを、語、文節、歌の端くれ、諺の断片など、原稿用紙上のあちらこちら、脈絡なく書き付けてみようと思ったのだ。意味を消して無責任になれ、言葉のあやとり、冗句、言葉の点と線、ときには図形、漫画、何でも書こう。書かれた字が次の言葉を呼ぶかも知れない。

が、最初の一語が難しい。無意味無責任でよいと言われても、選ぶつもりはなくても、喉と唇を破るのが容易でない。ためらっているとまたしても空白だ。原稿用紙の片隅に気持を乗せて、その上に「まもなく桜」と書いてみた。さらに、あちこちに「夏は海、星ヶ浦、ソ連の戦車、ダワイ、天井裏の女、惨劇、畳の血、もんぺと乳房、切れた生、結び目、目を伏せるか胸を張るか、ドスビダーニヤ、廓然無聖、引揚船、黄海は後悔」と書いた。思いつくままに並べた語、語句が、自然と意味の鎖になって繋がった。中心の糸は級友から聞いた話で、元郎は目撃していないのに言葉の並びに添うと、自分もそこに居合わせている感じになった。伝聞が、手首を動かして字を書くことで仮の現実になり、想像が動いてくると、Sに代って元郎が「私」になり得た。責任というものがここでは大事だが、想像力によってSと元郎を置換させ、「私」の元郎が見聞と認知を合わせ持つことができるのだ。

かつて知人から「小説は自分のことを書くものだ」と言われ、元郎はその意味を考え続けて来たが、「自分のことを」というのを「私が私を」と考えると、「私」が「私」の内容、卑小無残であることを知って、「私」は書く勇気を失うのである。それが今、Sの伝聞を元郎の想像のなかで第二の実在と捕え、卑小無残なおのれに触れないで、元郎自身は第二の「私」となり、認識するものになり得た。第二のが入れば、元郎は「私」を怖がらないで「私」を見ることができた。

その夜から元郎は深夜の執筆に、いたずらに空白を嘆くのではなく、原稿用紙の一枚の上下左右に、無責任に自由に、思いついた語、語句を並べた。そんな夜が一週間続いた。いいかげんな語の散乱は、語の付加や消しなどが加えられると、語の配列が意味を持ちはじめ、自由分散ではなくなってきた。自由に発想されたはずの語は、元郎の意識の下に調整され配列されていた。そして語群は、それに従うべき書き出しの文を要求しはじめた。

元郎は何の苦もなく最初の一行を書いた。

「それは恐ろしい一夜であった」と。すでに物語はでき上っていたのか、それからは毎夜二、三枚ずつ進んだ。Ｓの伝聞からすでに元郎の想像のなかに移っているのだから、「私」と姉娘との恋から始まり、娘が犯された一夜の惨劇と絶望的な混乱、「私」の仮初の論理が娘たちの痛苦を収拾する過程を、元郎も悩みながら「私」とともに悩んだ。


四月の初め、エイプリル・フールの日に、元郎は出来上った原稿五十二枚、大迫の許へ郵送した。

翌日、草代が再上京して来た。入学式にはきょうだい三人とも、それぞれの学校へ出かけた。豊かではなくても、めいめいが学ぶ方向へ、なすことのあるものとして旅立つ。映画「大いなる幻影」のなかでジャン・ギャバンが歌った「イレッテ、タン、プチ、ナヴィール」、それは小さな船であった、だれも試みたことのない小さな船出の……

白い肺

一

桜の花が散りかける頃、新学年の始業式が始まった。元郎の下宿、東京杉並の中通からY女子学園の横浜磯子まで、三度乗り換えて二時間半かかった。朝六時前に下宿を出て、車中以外は小走りで急ぎ、それでやっと職員室の朝礼に間に合い、式に間に合った。

晴れて穏やかな日だったので、式は校庭で行われた。校長の訓辞のあと、元郎は新任教師の一人として壇上に上げられ、短い挨拶をした。目の前に整然と並ぶ女子生徒の紺色の集団は、元郎が初めて目にする異色の光景だが、校庭の塀に沿った桜の樹がほろほろと花を落とすのを遠くに眺めながら、格別の感慨もなく終った。校長の訓辞のなかで言われた良風美俗の女子教育に何の関心もなかったからだ。

何事もなく式が終って生徒たちはそれぞれの教室に入った。教師たちも職員室に戻り、教務主任から教務分掌を発表された。元郎が教えるのは普通科三年の国語甲（のちに現代国語に変る）五クラス、商業科一年の国語甲五クラス。国語甲は週に一クラス二時間だから、合計十クラスの二十時間、そのほかに商業科一年C組の担任を持つことになった。

何ごとも初めての経験だから、週二十時間の授業数が多いのかどうかも分らず、担任が何をするのかも分らなかったが、元郎は新任ながら数えれば二十八歳の年の功、授業も担任の業務についても慌てることはなかった。たかが教師、ありのままの自分を見せて、功名を願わず、普通に勤めればよいのだろうと思った。

元郎は上履きに履き替えて渡り廊下を通り、商業科一年C組の教室に向った。教室のドアに手を掛けると、生徒たちは早くも察知して室内が静まった。元郎は出席簿にチョークを一本添えて教壇に立ち、生徒たちと向い合った。初お目見得とあって、生徒たちは机の並びのあいだに直立していた。クラス委員は「起立」を省いて「礼！」と号礼し、挨拶を交し合った。

生徒が着席するのを見て、元郎は黒板に「宇高元郎」と書き、「ウダカモトオ」とルビを振った。

「担任の名、覚えといて」と元郎は言った。

生徒たちはまだ様子が分らないので私語も失笑もなく神妙にしていた。

「今度はぼくがきみたちの名前を覚える番。出席を取ります」と元郎は言った。

元郎は教卓の上に着席表と出席簿を並べて見ながら、立ったままで呼び上げた。生徒は名を呼ばれると「はい」と返事をして立った。生徒は高校の新一年生だから、生徒同士の初顔合わせにもなる。元郎は立っている生徒の顔をよく見てから、次の生徒の名を呼んだ。始業式の日は授業がないから、点呼のあと担任教師の挨拶と注意が終ったら、生徒は下校だ。だから、急ぐ必要はなかった。

商業科一年C組の生徒は四十二人だから、お目見得一人一分としても、ちょっとまごつけば、全部が終るのに一時間近くかかる。元郎は時間を均等に配分するつもりでも、特別な事情のある生徒には余分の時間を要する。その上に、これは元郎の持ち前だが、やがて十六歳になる少女のうち、際だって美しい少女に出会うと、思わず見惚れて、一分、二分を忘れる。土地柄か、「浜っ子」といわれるようなお侠な少女もいて、声や表情に艶があり、元郎は悟られないように溜め息を吐く。

そのわずかな逡巡、担任の目付を、多くの少女たちは見逃さない。それは依怙贔屓をもっとも嫌う目だ。特に美醜の差は、それ自体は差別ではないけれど、男の担任教師は、美少女に見惚れることは許されない。その雰囲気を感じて、元郎は公平感を取り戻すために急いだ。男子生徒よりも女子生徒の方が楽だと思っていたのだが、思いがけぬ微妙なところで女子の方が難しい、と元郎は考えを改めた。

その上、担任としての余分の仕事に服装検査があった。頭の髪は三つ編みとか、校章は胸のポケットの上とか、スカートの長さは膝下七センチとか、元郎にはどうでもいい規定を生徒が守っているかどうか、調べなければならないのだ。良風美俗の校風、良い花嫁を養成するための基礎というわけだろう。元郎は嫌になって、生徒を全員立たせ、目を瞑らせ、その容姿を二分ほど眺めてから、「よし、全員合格」と言った。

目を開けた生徒たちの顔が輝いていた。その生徒たちに、さらに担任として挨拶をしなければならないのだが、元郎には言っておきたいこと、思いつくことが何もなかった。仕方ないので、「この一年仲良くやろう。よく学びよく遊べだ」と言って終りにした。生徒たちは物足りなさそうな顔を浮かべていたが、思い直したように元気よく「さよなら」と口々に言って下校した。

クラスの出席簿を抱えて職員室に戻りながら、今日初めて会った生徒たち、気の利いた科白を吐いたわけでもなく、生徒の話を親身になって聞いたわけでもないのに、元郎は生徒が好きになりそうな気がした。一人一人の生徒がどうだというより、考えること感じること、声を出すこと動くこと、つまりは生きている人間と渡り合えることが嬉しいのだ。生来元郎は血の気が多く、のめり込みやすい質なので、その自分を抑えるために、「良い教師になろうと思うな」と自分に言い聞かせた。「普通の教師でいい、ただ、自分を飾るな。生徒に対しても率直であれ。美辞麗句を捨てろ」

職員室に戻って出席簿の整理をしているふりをしながら、元郎は今度は生徒に対してではなく、自分に対して率直にならなければならぬと知り、少しばかり勇気の要ることなので、しばらくためらっていた。が、いつまでもそうしてはおれず、思い切って立ち上り、校長の傍へ寄って一礼し、はっきりした声で言った。

「初日のことで言いにくいのですが、給料の前借り、お願いできないでしょうか。お願いします」

いきなりで意表を突かれたのであろう、校長は無言で元郎の服装を、頭髪から爪先まで点検するように見つめ、何も言わずに顎をしゃくって会計の方を差し示した。普通なら拒否か説教のあるはずのところ、校長にはこんな前例の記憶がなかったのだろう。元郎はもう一度校長に頭を下げてから、会計係の中年の女のところへ行き、小声で「お願いします」と言った。彼女は一部始終を見ていたから、委細は承知で、なぜか嬉しそうに、一ヶ月分の給料を袋に入れて元郎に差し出した。

元郎は前借の金を内ポケットに入れて自席に戻り、明日の授業に使う教科書を風呂敷きに包み、まず鞄が要るかなあと思った。背広は古びていたし、靴の先は割れていたから、臨時に入った金で何を先に求めるか迷った。迷ったときは何も買わないのが普通だから、帰って弟や妹に相談しようと思った。

元郎は職員室のだれにともなく挨拶して廊下に出、図書室に寄った。図書委員の三年生がいた。ガラスのはまった棚を探したら、『中島敦全集三巻』はすぐに見つかった。そのうちの第一巻だけ抜き出し、目次で「かめれおん日記」と「狼疾記」があるのを確かめ、彼のY高女時代の記録（むろん小説だが）を読もうと思って借りて帰った。

夕食の支度は草代がやり、丈郎は抜きで元郎と草代の二人だけで食べた。定時制高校の授業も始まっていたから、十時頃にならなければ丈郎は帰宅しなかった。食後洗い物をすませてから草代は郷里の母へ手紙を書きはじめた。元郎は草代と向い合って、高校一年の国語教科書を開き、漫然とページをめくって読み散らした。授業の下調べをする気はなかった。

丈郎が帰って来て食事をしたあと、三人連れ立って銭湯に行った。春の夜風はまだ少しひんやりしていたが、風呂上りの帰りの肌には快かった。下宿に戻って三人、飯台に巴に並び、黙って勉強した。十二時近くなって丈郎と草代が寝についてから、元郎は中島敦の「かめれおん日記」を読みはじめた。

中島敦がY女子学園（戦前はY高等女学校）に勤めたのは昭和八年の四月、東大の大学院に通うかたわらの勤めで、数え年二十五歳。以後八年間を在籍し、退職した翌年二月には「山月記」、五月には「光と風と夢」を『文學界』に発表したが、その年の十二月「心臓性喘息」で死亡した。享年三十四歳。

「かめれおん日記」は二十八歳のときの作で、主人公は博物の教師の「私」になっている。

その「私」が国語教師の吉田を批評的に眺め、自分をも省みて考察するという話だ。数年後の処女作「山月記」が短篇として完璧であるだけに、元郎は「かめれおん日記」が粗雑なのを知って、一面がっかりし、一面ほっとした。元郎は今が数えの二十八歳、数年後には、「山月記」のレベルまでは無理としても、もう少しましなものを書けるようになるかも知れない、と気休めができたからだ。

「かめれおん日記」はストーリーの組立てがあまりなく、「私」の箴言集で終始している。たとえば、自分のシニシズムを批判しながら、自分の考え方、思想をシニカルに眺め、その功利主義の欠如、記憶力の喪失を嘆き、その因るところ深い喘息の苦を思う。

元郎は「私」と共有するものに功利主義の欠如と喘息の苦しみがあるのを知るが、「私」は喘息の発作を抑えるのにアドレナリン一本とエフェドリン八錠を用いるとあって、元郎は驚嘆する。元郎はエフェドリン二錠で止めているからだ。そして「私」は末尾のところで、「エウリピデスの作品の中の一節」を抜いて次のように書き留める。

「人間の生活といふものは、苦しみで一杯でございます。その不幸には休みといふものがございません」

元郎には「かめれおん日記」がよい小説であるとは思えないが、病苦からにじみ出ている感懐、病苦に敏感な断章には辛い気持で共感する。

二

授業の日々が始まって、元郎は毎朝朝礼に遅刻した。が、一時限目の授業には間に合っているのだから、別に負い目はない。出席簿に白墨を一本添えて、元郎は下調べもなく、場当り勝負で授業に臨む。いい教師、いい授業、ましていい恰好を望まないのだから、元郎の授業は淡々としている。

国語の授業で便利なのは、最初の時間に与えられた単元の文章を読むという作業がある。元郎はまず生徒を何人か順に指名し、教科書を読ませることから始める。それを聞きながら赤鉛筆を手にして、個々の注意すべき問題点をチェックする。その文章が小説、エッセイ、論文、紀行であっても、個々の問題点を追って、作者または筆者の思考を辿り、何が言いたいのか、思想感情を汲み取ることにする。

一通り生徒の交代しての読みが終ったら、元郎は中身に入るまえに一般的な注意、読み方の心得を与えておく。たとえば、次のように注意する。

「声に出して読むことは、自分も読みながら考え、他人にも聞かせて理解させるのだから、言葉をはっきり、急ぐ必要はないから、読点も句点も字と同じ扱いで、切るところは切り、休むところは休んで、きちんと読むこと。てにをはを勝手に飛ばしたり作り変えたりしてはならない。要は正確であること、滑らかさは第二だ。音読で文章の流れをつかんだら、今度は文字を目で読んで意味を確かめ、疑問は保留し、考えを進めて全体の要旨をつかむ。どんなことが主張され、表現されているか。そして作者および筆者の言いたいとすること、それが主題だが、今度はきみらがどう受け止め、どう批判するか。好きか嫌いか。妥当か不当か。ただし正解や結論を求めなくていい」

読みと注意と、そんなところで最初の時間は終るが、元郎にとって苦痛なのは、高一なら高一の五クラス、ほぼ同じことをしゃべらなければならないということだ。場合によっては気の利いた冗談でも同じことを言い、同じ笑いを誘わなければならないことがある。それは気が利いているほど、五度目には間が抜けてくる。そして、語り手の教師の思考感情がステレオタイプ化してくる。

その点、放課後の方が教師も生徒も解放されて自由だ。すぐに下校する生徒もいるが、多くは運動部や文化部に残って、それぞれの活動を生きいきとしている。元郎も求められて、何をすればいいのか分らないままに、ソフトボール部の部長を引き受けた。

元郎は新しい環境にいて楽しく、気分も体調も悪くなかった。若い教師に誘われると、元郎は一も二もなく受けて、テニスをした。上手ではないが一通りは出来る。軟式のボールを打ち合って興じていると、下校する生徒たちが立ち止まって見ている。普通に話しているらしい生徒の声が風に乗って届いて来る。

「どちらを応援するの？」

「もち、貧乏神よ」

反対側の金網の柵は少し離れているから、四、五人塊まった紺色の制服のなかに白い顔を見分けることはできなかった。「この野郎、もう渾名なんか付けやがって」と思いながら、「貧乏神か」と呟き、別に悪い気はしなかった。

そのときブルーマーを穿いた高三の生徒、ソフトボールの主将がやって来た。

「先生、シート・ノックお願いします」

「え？　ぼくがやるの？」

「ええ、お願いします」

元郎はソフトボールの部長を引き受けていたが、教師が一人入っていなければ部活動が認められないからで、名前を貸しただけのつもりだった。意外なことになったと思ったが、いつもの行き当りばったりで、何とかなるだろうと主将に付いて行った。体力や能力のことは気にせず、主将のブルーマーの脚がきれいだなと思って見ていた。

グラウンドは始業式の行われた校庭の隅の方で、塀をバックにしていたが、レフトの方が狭かった。元郎は上着とネクタイを取り、バットを持ってホーム・ベースの位置に立った。ボールが大きいなと思った。一塁手から順に左へ打って行き、三塁手が終るとまた一塁手に戻って三巡した。内野手への打球は勢いはなかったけれど形にはなった。

が、外野手への打球が大変だった。疲れて汗びっしょりになっていたが、遠い野手に声を掛けてから、元郎はホームランでも打つつもりで打った。だが、打球はレフトの前に落ち、野手は転倒しながら突っ込まねばならなかった。センターの場合もライトの場合も同じだった。野手は前進につぐ前進、という練習ばかりになった。キャッチャー・フライも上げてはみたが真上にはボールは上がらず、失敗ばかりだった。これでは練習にならず、元郎もへとへとに疲れていたので、バットを主将に返して引き上げた。

一ヶ月も経つと元郎も校内の様子が分ってきて、良い教師にならないつもりが、慎重さに欠けて、つい思ったままをだれにでも言うようになった。学園には生徒の数は、普通科商業科を合わせて三十学級、千二百人、教師が六十人ほど、その半分は女教師だった。その女教師の二、三人と、元郎はたちまち職員会議で衝突した。女教師は優しいものと思っていたのが、その先入観を破られたからだ。

会議の席で、風紀係の中堅の女教師が、生徒の服装について発言した。

「最近、生徒の服装が乱れています。三つ編みの乱れ、スカートの長さを正して下さい。出来れば各担任は、定規を当てて計るぐらいに厳しく戒めて下さい。服装の乱れは心の乱れの元ですから、良風美俗の校風を守るためにも……」

男女の教師が消極的な賛否を論じ、穏やかに長く討議が続けられた。初め元郎はもろもろの教師像を黙って眺めていた。男の教師はおおむね微温的な言でお茶を濁しているが、服装検査については女教師の方が杓子定規で厳しいのを知った。「厳しいのは結構だが」と小声で呟きながら、元郎は大学で外人教師が皮肉な声で「ウーマンズ、フィロソフィー」と言った言葉を思い出していた。そのときは分らなかったけれど、ひょっとして今のような、規範への忠誠、リゴリズムのことかと思った。ついでに「格子なき牢獄」というフランス映画を思い出した。元郎はゆっくり手を上げて発言を求めた。

「ぼくは良風美俗はいいとして、それが服装検査から始まるとは思っていませんでした。まして定規を当ててスカートの長さを計るなどと。ぼくは軍隊生活で嫌な経験をして来たから、平和に戻った今、生徒たちには自由で明るい学園生活を楽しんでもらいたいと思います。服装の乱れは目で見て口で注意すればすむことです。スカートを何センチと計って、生徒たちはどんな思い出を残すでしょう。男と違って女の先生方には、同性としての青春の記憶があるはずです。立ち場が違ったからといって、早くも美しかった思い出を消してもらいたくはありません。平和と自由、そのなかでこそ青春は輝き、良風美俗は養われるのではありませんか。生徒には見てくれではなくて内面の規律、心の服装をこそ整えさせてやりたいものです」

元郎が話し終ると同時に、先に発言していた女教師が顔を伏せ、低い声で泣き出した。校長が困ったような顔になり、問題がもつれるのを怖れたのか、議題を次に移した。

放課後同僚とテニスをしていると、ちょっと離れた金網のところに生徒の白い顔が並んで、口辺に両掌を立てて、声を揃えて叫んだ。

「貧乏神、ありがとう」

だれが話したか、職員会議でのやりとりが早くも生徒の側に伝わっていたのだ。

久しぶりに大迫から電話がかかってきた。渋谷の〈たぬ公〉で飲もうというのだ。元郎の方でも会いたいと思っていたところだから、即座に承知した。大迫は都立N高に勤めていた。大学の卒業式から三ヶ月が経っている。同人誌の原稿も送りつけたままだ。

元郎が〈たぬ公〉に行くと、大迫はもう来ていてビールを飲んでいた。もともと大柄な体がもう一回り大きくなっていた。

「やあ」

「しばらく」

ビールで乾盃してすぐに焼酎に変えた。

「おまえの原稿な、やっと印刷に入ったところだ。何しろガリ版だから時間がかかって。発刊は予定より半月ほど遅れて、六月の下旬にずれ込みそうだ」

「みんなの原稿、どうだ」

「なかなかいいよ。だが、上としてもやはり同人誌のレベルだ。越えなくちゃ」

うん、うんと頷きながら、元郎も焼酎を飲み、話題を移して言った。

「教師稼業うまく行ってる？」

「思ってたより面白い」

「おれも面白いけど、のめり込みそうなのが怖い」

「おれはのめり込んでもいいと思っている。組合活動もやるつもりだ」

「同時代を生きるんだな」

「そう。平凡に、輝いて」

大迫は志す道に踏み出しはじめているのだな、と元郎は思った。元郎のところは私学で、まだ組合もないから、当分は一匹狼で、良い教師にはならずに、小説を書く方を主軸にやってゆくつもりだ。

「おまえ、咳が出るな」と大迫が言った。

「少し通勤がきつくて、それとチョークの粉を吸い込むのか、ときに烈しい咳になることがある。ルンゲをやられたのかな」

肺病という言葉を避けて、元郎は胸の不安を口走った。

「肺病の咳はな」と大迫は剝き出しに言った。

「細くてか弱いものだろう。おまえのは猛烈だもの、ルンゲじゃないよ。白墨を使うのを減らし、煙草を減らして、それに、下宿を学校の近くに移して、しばらくは慎重に身を保つことだ」

「そうする」と元郎は煙草を吹かしながら神妙にうなずいた。

三

六月の上旬、学校で運動会が予定されていた。体育の教師と上級生が準備をしていた。元郎は普通に授業し、放課後は残らず、寄り道をせず、まっすぐ下宿へ帰っていた。烈しい咳が続き、微熱もあるようで、倦怠感に包まれていた。

運動会は日曜日で、出ても元郎の仕事はなさそうだったから、休養のために休もうと思った。が、当日の朝になって、担任がいなければ、商業科一年C組の生徒が心許ながるだろうと思い、応援席に坐っていればいいと自分に言い聞かせて出掛けた。

少し遅れて校庭に姿を見せた元郎を、ブルーマーに鉢巻姿のクラスの生徒は拍手で迎えてくれた。元郎は日光を避けてテントの下に入り、折り畳みの椅子に腰掛けて、生徒の競走や演技に声援を送り、体の不調を忘れて楽しく過していた。昼食には学校から弁当を渡されたが、クラスの生徒からかまぼこや卵焼きをもらった。

午後からは、坐って拍手するだけのつもりでいたが、借物競走に駆り出された。生徒の一人が走って紙切れを見、元郎のところに来て腕をつかんで引っ張り、走らせるのだ。見せられた紙切れには「貧乏神」と書いてあった。で、「貧乏神」は名を知らぬ生徒と手を繋いで走った。

運動会が終ったあと、元郎はがっくりと疲れを覚え、若い教師たちの酒の誘いを断って帰路についた。横浜の市電のなかではまだ立つ元気があったが、桜木町から横浜へ、横須賀線に乗り換えたときから、疲労のどん底に落ち込み、吊り皮から何度も崩れ落ちそうになった。が、何とか自分を励まし、辛うじて東京駅まで持たせた。

東京駅で中央線に乗り換え、始発駅だから座席に坐れた。半分気を失った状態で、下宿を替わらなければ、とばかり呟いていた。荻窪の駅を降りると気分が変って、少し元気を取り戻し、下宿までの二十分を普通の速度で歩いた。

草代は学校から帰っていて、夕食の支度に取りかかっていた。元郎は畳の上に枕だけ当てがい、しばらく横になって休んだ。生徒たちのブルーマー姿が脳裏に浮かんだ。明日は代休だから、一日家に寝ていれば咳はともかく、微熱と倦怠感は消えるだろう。ともかく一時間ぐらいで学校に通える下宿を捜すことだ。

日曜日だから丈郎の夜学はなく、まもなく帰って来た。三人が巴になって夕食を取った。運動会の昼の弁当も悪くはなかったが、夕食の温かいのと、三人揃っているのがご馳走だった。元郎も普通に食べ、食べたので元気になった。

食後丈郎と草代は飯台に向って勉強を始めたが、元郎は大事を取って床に入った。疲れていたのですぐに眠ったが、気配に目を覚ますと、二人が銭湯から帰って来たところだった。十時頃だろうと思って、元郎は小便をしに階下の便所へ降りて行った。白い小便壺に向ったまでは覚えていたが、あとは記憶が跡切れていた。

気が付くと階段の途中で丈郎の腕に抱えられていた。記憶がよみがえり、ああ、倒れたんだな、と思った。が、それにしても弟に抱かれ、まるで子供のようで、おれは小さくて軽いんだな、と元郎は思った。何で倒れたのかは分らなかった。

二階の六畳へ運ばれて、脱け殻になっていた寝床へ、元郎は丁寧に下ろされた。枕許に坐って怯えたような顔で草代が迎えた。元郎は無理な笑顔を作って草代に答え、丈郎を振り返って尋ねた。

「おれ、血は喀かなかったか」

「血？　何もなかったよ。どうして」と丈郎が問い返した。

「いや、何もなかったのならいい」

気を失っていたのは短い時間だったが、気が付いて元郎が最初に考えたのは、やはり喀血、肺結核の怖れだった。だから、喀血がなかったと知って一安心した。むろん、血を喀かない肺結核もあるだろうが、失神昏倒と重ねて考えれば、蓄積された疲労、宿痾の喘息のせいと考えられなくもないのだ。

ただ気になるのは、従来の咳とともに痰が増えたことだ。塵紙の備えがたくさんはなかったから、草代に頼んでパイナップルの空缶にクレゾール水を溜めて、臨時の痰コップを作らせた。体温を計ってみたら三十七度八分あった。高温ではないが、不気味な微熱だった。元郎は置き薬を飲んで、明日は運動会の代休だと思いながら眠った。

翌朝、学生のときのように昼前まで眠っていた。久しぶりに十二時間ほど寝たので、日頃の疲れも取れ、微熱も平温に下がっていた。前夜のことは悪夢のように思われ、咳と痰は少し減って、体調は普通に戻った。丈郎も草代も仕事や学校に出かけていて、穏やかな日和の静かな一人にくつろぎ、元郎は味噌汁の残りを温めて昼食をすませた。

明日からの通勤、授業に体を慣らしかたがた散歩に出ようとした。そこへ大家のおばあちゃんが出て来て、「もう大丈夫」と言う元郎にしきりと、近所の医院へ行って診てもらえと勧めた。せっかく悪夢を忘れかけたところへ、不安を掻き立てられるのも不愉快だが、心の底では不安を抱えているところなので、何でもないが散歩がてらに寄ってみましょう、と笑顔でおばあさんと約束した。

町の医院はひっそりしていて、白髪の老医が一人でいた。レントゲン写真を撮り、血液を採り、無理に痰をシャーレのなかに喀き出させて、聴診と打診をした。ラッセルの音が左肺からも右肺からも聞えると言った。

「どうでしょうか。勤めを休むわけにはゆかないんですが」と元郎は病状の方と医者の顔色を窺いながらおそるおそる訊いた。

「とんでもない、家に帰って即時病臥、安静を保つこと。一週間休養を要すという診断書を書いて上げますから、勤め先にはその旨通知して、四日後にもう一度来て下さい。レントゲン写真も検査の結果も出ていますから、はっきりした診断が出せるでしょう。どうするかはそれからです」

元郎は不安を感じながらも、老医の言い草仕草が大げさすぎると思った。自覚症状として咳や痰をはじめいろいろあるが、数ヶ月をその状態で慣れてくると、自分が健康であるとは思わないが、二時間半の通勤、週二十時間の授業に耐えられるのだから、次善の健康と思っていた。

が、四日後に示されたレントゲン写真、痰の塗抹検査、血沈の検査などは、みな元郎が肺を病んでいる結果ばかりを示していた。血沈は四十、痰はガフキー2号、殊にもレントゲン写真は両肺ともまっ白に写し出されていた。

「両肺の白は、肋膜が急激な炎症を起こしているとも見えるから、いずれ引くだろうが、左肺上葉には小指の先ぐらいの空洞一、小豆大のが二つ、その他小さいのは無数で、白い炎症が引くとはっきりするが、その修復は難しい。左肺の中葉、右肺の上葉も空洞を抱えていると思われる。よくここまで放っておいたものだが、このままでは一年持たないぞ。今はストレプトマイシンやパスが使えるから、何とかなるかも知れないが」

奈落に突き落とされるような気持になりながら、おれはどうする、判断停止の状態のなかで、元郎は引かれものの小唄、残りの一年で何がしか意味のある生を創り出してみせようと思った。

が、一年で何が出来、何をすればいいか。大迫に近況を知らせる葉書を書いた。父母には面目ないので、草代に手紙を書いてもらった。

翌日気になるので近くの大きな病院へ行った。大病院らしく所定の検査結果は待っているうちに出た。元郎は町の医院で結核と知らされていたのを、それは認めるとして、せめて短期間の療養で復帰、たとえば夏休み一杯休んで九月から復職、というふうに話を持って行きたかったのだ。が中年の医者はにべもなく突っぱねた。

「あなたは体の状態をまるで認識しておられない。結核ですよ。今シューブを起していて最要注意、即座に臥床してもらって絶対安静を要します。ここには空ベッドがないから家に帰ってもらいますが、奇跡的に好転しても九月はおろか、年内の職場復帰などとはとんでもない。あなたの症状はただちに結核予防会に申請します。ストレプトマイシン、パスが認可されるまで、家で絶対安静にしていて下さい。安静度一度、食事も排便も床上に寝たままです」

町の老医のときはまだ反発する余地があったが、医療設備の整った病院の中年の医師の前では、二度目の念押しということもあり、元郎は神妙に黙って頷いた。医者の背後に、明々と照し出されているレントゲン写真は気のせいか白を失いかけていたが、その代りに薄墨色のカベルネが大小あちこちに現われ、それがどの程度の病状なのか、医者の言は大げさにすぎるのではないかと思われた。が、自分は無知でずぼらで、学生のときの最後の秋、精密検診を無視している。その報いが今来ているのだろう。身から出た錆か、と元郎は憂鬱に考えた。

元郎が昏倒した日から一週間経った日曜日、仰臥している病人の窓縁の耳に、賑やかな声が聞え、断りもなく三人の男が二階へ上って来た。同人誌の仲間、大迫を先頭に浜田、土方が続いていた。

「病気と聞いて衆目の一致するところ、栄養失調と決った。これ、みんなで」と言って、大迫が草代に渡した。

包み紙を開けて見ると、ウインナ・ソーセージが山のようにあった。

「ウインナの言い出しっぺは浜田だ。おれなら豆腐の方がいいな」

土方はオーバーの裾から一升瓶を下ろした。草代がウインナ・ソーセージを軽く炒めてフライパンごと出し、汁椀をコップ代りに添えた。草代に一礼してから、みんなを代表して大迫が病人に述べた。

「病人ときょうだいは酒は遠慮してもらって、遠来の客だけで乾盃しよう。われらが『私小説』、言い忘れてたが、菊判にしたよ。創刊は六月末。では、宇高の快癒を祈って……」

四

二、三日して大迫が一人で訪ねて来た。だれもいないから勝手に上がり込み、枕許に胡座をかいて言った。

「念のためにもう一度だけ、結核研究所に行って診てもらわないか。おれも咳が出て微熱があるようで、おれも診てもらうから一緒に行こう」

「何度診てもらっても同じだよ」と元郎は気の毒そうに答えながら、だが大迫との同行には承知した。大迫の熱意に同意したのだ。大迫はどこも悪くないのに一日欠勤をして、権威のあると称する結核研究所へ元郎を連れて行こうというのだ。二人はそれぞれに健康保険証を持って出かけた。

肩を並べて歩きながら、ちょっと見下ろすように大迫が話しかけた。

「顔色はよくないが、歩きっぷりは一人前だなあ」

「咳も痰も少し減ったし、学校へ行かなくてすむから朝早く起きなくてすむし、勉強は思いっきりできるよ。例によって、五、六冊並行して本を読んでいる。微熱はあるようだが、食欲はある。今まで二人の医者に診てもらったが、三度目の正直、喘息だったということにならないかなあ。重症だったとしても、喘息は生徒にうつさなくてすむから」

だが、結核研究所でも同じ結果だった。元郎は即時入院の診断、ただし、ベッドは空いていないという。在宅で待機しながら絶対安静を守れとのことだ。大迫は異常なしで保険は使えず、二百円取られたとしきりにぼやいた。

暮れなずむ街を歩いて二人は喫茶店に入った。

「そこでどうする」と大迫が尋ねる。「在宅療養といっても下宿ではなぁ」

コーヒーを飲み、煙草を吹かしながら元郎は思いに沈む。肺結核という病、癒えるのに何年かかるか、どのくらいの金がかかるか。その前にきょうだい三人の勉学生活が壊れている。郷里では心配して、元郎の帰郷を促している。生活の中心になるはずのものが潰れたのだから、郷里の暮らしも東京の暮らしも成り立たなくなっている。

「おれ、帰るよ」と元郎は言った。

「東京を離れるのか」

「帰ってどこかに病院を捜す」

「本格的に療養生活か？」

「ほかに仕様もない」

「そうだな。最悪のなかのベターだよ」

「ゼロからのやり直し、やり直しがあるとしてだが……」

「で、いつ帰る、汽車でか」

「医者は寝台車で帰れというのだが、進駐軍の列車以外寝台がない」

「ああ、それ、おやじに頼んでみる。国鉄労働者だから……」

「そんなら頼むよ。何から何まですまんなあ」


Y女学園から教務主任が訪ねて来た。果物篭を持って来て、元郎から遠く離れて座し、回りくどく言った。

「あなたを採用するとき、学園の落度で身体検査をしませんでした。発病が早すぎるので、すでに病に冒されていたとしか思えません。で、健康保険証はお返し願いたいのです。その代りといってはなんですが、お見舞いとして五万円を提供します。気持よく受け取って頂きたいと思います」

元郎は健康保険証がどのくらいの値打ちがあるものか、結核には無知で、落度とすれば学園も困るだろうと思い、それに目先の五万円に釣られて、深く考えようとせずに教務主任の申し出を承知した。

夜、丈郎も草代も揃ったところで千円札五十枚を束ね、その経緯を話し、「おれの値段はこの程度のもの」と言って、部屋の天井に向けて投げ上げた。月給で言えば五ヶ月分、それが肺結核の五ヶ月を支えるかどうか。そしてそのあとはどうなるのか。丈郎も草代も部屋中に散らばった千円札を集めようとしないで、目を据えて元郎を見守っていた。

大迫から速達便が届き、なかに寝台券が入っていた。日付は六月二十三日になっていた。何気なく眺めているうちにはっと気がついた。元郎が卒業論文に取り上げた明治の作家、国木田独歩の命日に当っていた。明治四十一年のその日、独歩は肺結核で死亡したのだ。たぶん大迫はその日付に気がついていないだろう。元郎にしても日付の一致を運命のいたずらと思いはしたけれど、自分の死を示唆しているとは思わなかった。

大迫は同封した手紙に次のようなことを書いていた。

「おまえもえらい運命を背負ったものだが、昔と違って肺結核も、ストレプトマイシンの注射や手術でかならず治る。好きな非合理はやめて合理的に治癒に向って努力してくれ。一年でも二年でも、次の同人誌は休刊にしておくから、おまえが元気になったら四人でまた始めよう。明日の日本の文学におまえもおれも必要なのだ。待たれていることを、あだやおろそかに思うな。再見」

東京駅には丈郎と草代と一緒に行った。プラットフォームには大勢の見送人がいた。緊張しているから元気で、顔も少し赤らめながら、付き合いの濃いも薄いも丁寧に挨拶した。大学の国文科の友人もいたし、Y女学園のクラスの生徒もいた。少し興奮したせいか、都落ちがふさわしいのに、門出を祝われている気がした。

それまで遠慮していた同人誌の仲間三人が寄って来て、こもごもに言った。

「元気そうだ、大丈夫」と土方が言った。

大迫は穏やかな笑顔を見せながら黙っていた。怒ったような顔をして突っかかるように浜田が言った。

「宇高、死ぬなよ」

ああ、と笑いながら元郎は、他人の目には死ぬように見えるのかな、と思った。

発車のベルがなって、また改まったように言葉が投げられ、花束が渡された。最後に大迫が同人誌『私小説』を一部、元郎の胸に押しつけた。

「一部だけ無理矢理製本させたのを持って来た。汽車の中で暇潰しに読んでくれ。あとはまたあとで送る」

横浜駅でまた数十人の見送りの女子高生がいた。デッキに出て応えながら、照れ臭そうに煙草を吹かしていると、一人の生徒が悲鳴を上げるように叫んだ。

「先生、煙草は止めて！」

汽車が動き出し、プラットフォームの生徒の姿が小さくなるのを見送り、元郎は横浜の二ヶ月だけでなく、東京の四年間の生活も失われたことを実感した。もう一度ここに来ることはないだろう。

客席に戻ってガリ版の『私小説』を取り出し、目次を見て浜田の短い詩、ソネットを読みはじめた。

いのりがいのりであるためには　遠くほのめく星のやうに
祈られたものはきえてゆかねばならない　やみのなかを
もとめてゆらぐほのほの腕　しかし盲ひたぼくの腕から
去りゆくものは　はるかまたたくあをい影のやうに

〈おまへの髪は　地平を切る夜の森のやうに
　額の向う　瞳は　虚空を　みつめてゐた……〉
ああ　ひそかにあつくもえようとするものに
だれが　風を　吹きつけることができようか!

小さいひとつの魂は　いたづらに翔び舞ふ蛾のやうに
陽炎のなか——空たかくのびあがる　沈黙のなかに
たとへ　白く　死にたえるものだとしても

いのりがいのりであるために　ぼくには夜が

黒い夢　盲ひた腕が　とほくほのめく星のやうに
なければならない　いのりがいのりであるためには

【参考文献】

有川　進「いのりがいのりであるためには……」（『私小説』、一九五二年十一月）
細窪　孝「寄宿寮三十一番」（『狼』2号、一九六三年七月）

『民主文学』二〇〇〇年一〇、二〇〇一年一・三・八・九・一〇・一一月号掲載

青春《せいしゅん》のハイマートロス

二〇一四年二月九日　第一版発行

著　者　右遠俊郎

発行者　比留川洋
発行所　本の泉社
〒113-0033
東京都文京区本郷二-二五-六
Tel 03(5800)8494
FAX 03(5800)5353
印刷／製本　日本ハイコム株式会社

ISBN978-4-7807-1150-9 C0093　Printed in Japan